일단 데이트라도
해볼래?

너나를

좋아

한는
거
맞지?

2

일러스트/휴우가 아즈리
Nozomi Kota
노조미 코타
번역/천선필

Illustrations © Hyuuga Azuri

CONTENTS

KimiSuki
VOL.2
Toriaezu date demo
shitemiru?

너 나를 좋아하는 거 맞지?
일단 데이트라도 해볼래?

2

노조미 코타 지음 / 휴우가 아즈리 일러스트 / 천선필 옮김

쿠로야 소키치

문예 동호회 부원.
낯을 많이 가리는 타입.
시라모리 선배를 좋아한다.

캐릭터 소개

시라모리 카스미

문예 동호회 선배.
학교 미소녀 사천왕 중 한 명.
쿠로야 군을 좋아한다.

커버, 컬러, 본문 일러스트

휴우가 아즈리

예전부터 어른들이 '어른스럽다'라는 이야기를 자주 했다.

학교 친구들이나 선생님, 그리고 이웃 아저씨, 아줌마들이.

그리고――, 아버지도.

몸이 같은 나이 또래 애들보다 조금 빠르게 성장했던 것도 약간 연관이 있긴 하겠지만, 그래도 가장 큰 이유는 성격이나 내면, 그리고 외모 때문인 것 같다.

아무래도 나는――, 어른스러운 모양이다.

자랑하거나 겸손한 게 아니라, 객관적으로 그렇게 생각한다.

아마도 어른들은 칭찬하려는 생각으로 내게 '어른스럽다'라는 말을 했겠지만, 나는 솔직히 그렇게 기쁘지 않았다.

뭐, 딱히 슬프지도 않았지만.

다시 말해――, 무(無).

아무것도 느껴지지 않는다.

왜냐하면.

어른이 말하는 '어른스럽다'라는 말은, 다시 말해 '손이 안 가는 애'라는 뜻이니까.

부모님이나 선생님 말을 잘 듣고.

고분고분하고.

떼를 쓰지 않고.

장난을 치거나 까불대지도 않고.

부모님의 형편을 고려하지 않고 '같이 놀아줘'라든가 '어디에 데리고 가'라는 말을 하지 않고, 예를 들어 집에 아무도 없더라도 계속 혼자 책을 읽거나 공부를 하면서 얌전히 지내는 것처럼──.

그런 애가 어른이 볼 때 '어른스러운' 애인 것 같다.

그렇다면──, 나는 과연 어떨까.

그런 식으로 살아왔으니까.

그런 식으로 살 수밖에 없었으니까.

직접 말을 하면서 명령한 건 아니지만, 내 주위 사람들은 내게 '어른스러운 것'을 요구했던 것 같다.

그래서 나는 그 기대에 부응하려 했나.

그렇게 되고 싶은 건 아니었지만, 기대에는 부응하고 싶었다.

어른스러워지자──, 어른이 되고 싶다, 그렇게 생각했다.

그러다 보면, 언젠가, 분명히──.

미소녀 사천왕.

내가 다니는 미도리바 고등학교에는 아름다운 미소녀가 네 명 존재한다.

서로 사이좋게 지내는 친구들이다 보니, 함께 다니면 그 빼어난 외모 때문에 눈에 띌 수밖에 없다.

1학년 때는 네 명 모두가 같은 반이었던 모양이고, 그 무렵부터 '미소녀 사천왕'이라는 멍청한 느낌의 별명으로 불리게 된 모양이었다.

그런 그녀들도——, 지금은 마지막 학년인 3학년.

반은 네 명 모두 각각 다른 반이다.

그 결과——, 교내에서 네 명이 함께 다니는 경우는 거의 없어진 모양이다.

딱히 소원해지거나 그런 게 아니라……, 그녀들처럼 인기가 많은 인싸는 굳이 쉬는 시간마다 반을 옮겨 다니고 그러지 않기 때문이다.

가만히 있어도 사람들이 알아서 다가온다.

반 안에서 간단히, 저절로 커뮤니티가 생겨버린다.

그래서 교내에서 억지로 넷이 함께 다니려 하지 않았다.

아니면——, 눈에 띄는 걸 피하고 싶다는 마음이 있었던 건지도 모르겠다.

자주 봐서 익숙해진 3학년은 그러지 않겠지만, 1학년, 2학년들에게는 3학년의 '미소녀 사천왕'은 동경하는 선배이자 볼 기회가 별로 없는 고귀한 존재다.

　그녀들 중 한 명이 학교 식당에 오기만 해도 저학년들이 주목하게 된다.

　그런데 만약에 네 명 중 세 명이 같이 온다면──.

　"……오오. 저거 봐."

　"장난 아니네, 사천왕이야……!"

　"그것도──, 세 명이나 같이……!"

　웅성웅성.

　점심시간, 학교 식당에서 학생들 일부가 떠들어 대기 시작했다. 아마 1학년일 것이다. 소문난 미소녀들을 보게 된 행운을 기뻐하는 게 분명하다.

　게다가──, 사천왕 중 세 명이 한데 모여있으니 더욱 흥분되는 모양이다.

　학교 식당에 모습을 나타낸 사람은──.

　'흑갸루'.

　'트윈테일 로리'.

　그리고──, '유부녀', 이 세 사람이었다.

　그녀들은 선망의 눈초리를 한데 모으고 있었지만, 정작 본인들은 신경 쓰지도 않고 식권 자판기 앞에 줄을 서──,

아니.

후배들의 시선을 신경 쓰지 않았던 건 세 명 중 두 명뿐이었다.

'흑갸루'와 '유부녀', 이 두 명뿐.

"이예이~. 피스~, 피스~."

나머지 한 명——, '로리'는 자기에게 쏠린 후배들의 시선을 눈치채고는 그들에게 애교가 듬뿍 담긴 미소를 보여주었다.

손을 흔들거나 V자 사인을 보내는 등, 서비스 정신이 투철한 행동을 보였다.

'트윈테일 로리'——, 사콘 리노.

아무리 봐도 고등학교 3학년 같지 않을 정도로 자그마한 체구와 동안. 호박색 머리카락은 양쪽으로 묶어서 안 그래도 어린 분위기를 더욱 그렇게 만들어 주고 있었다.

지극히 넌센스 같은 별명이라 칭찬해 주기 힘들지만——, 그 별명을 있는 그대로 체현한 것처럼 매우 귀엽고 사랑스러운 미소녀였다.

"후배군들, 잘 지내고 있어~? 모두가 정말 좋아하는 리노라구~."

"그만해, 멍청아."

약삭빠르다는 느낌이 들 정도로 애교가 듬뿍 담긴 미소를

9

뿌려대던 사콘 선배의 머리를 뒤에 있던 우쿄 선배가 살짝 쥐었다.

'흑갸루'——, 우쿄 안.

별명대로 까만 갸루처럼 생긴 미소녀다. 눈매가 날카롭고, 화장까지 제대로 해서 그런지 약간 가시를 세운 인상이다.

그녀는 짜증이 담긴 날카로운 눈빛으로 사콘 선배를 내려다 보았다.

사콘 선배는 울상을 지으며 볼을 부풀렸다.

"아파~! 진짜, 뭐하는 거야, 안냥!"

"창피한 짓을 하니까 그렇지."

"창피한 짓은 아무것도 안 했거든~? 귀여운 후배들에게 귀엽디 귀여운 리노의 존재를 어필했을 뿐이잖아."

"그게 창피하다는 거야. 진짜……, 이래서 리노하고 같이 밥을 먹는 건 싫다니까."

"서비스 정신이 부족하네. 안냥은 '미소녀 사천왕'이라는 자각이 부족한 거 같은데? 우리는 이 학원의 아이돌 그룹이 잖아?"

"……그 촌스러운 별명을 기뻐하는 건 우리 중에서 너밖에 없거든?"

진심으로 질색이라는 듯이 말하는 우쿄 선배.

'미소녀 사천왕'이라는 싸구려 같은 별명을 네 사람 중에

Illustrations © Hyuuga Azuri

서 사콘 선배 혼자만 신이 나서 떠들어대고 다니는 모양이
었다.

"이런, 이런, 안냥은 위기의식이 부족하구나. 언제 어디
서 누가 사천왕의 칭호를 노리고 있을지 모르는데."

"언제든지 양보해 줄 거야, 그딴 거."

"……정말로 괜찮겠어? 이제 곧──, '그 사람'이 유학에서
돌아올 텐데? 우리가 5인조였을 무렵에 압도적인 카리스마
와 미모로 우리를 이끌었던 그 전설의 초기 멤버가……."

"그건 대체 누군데?! 우리한테 초기 멤버 같은 건 없어."

"냐하하하. 그랬죠. 우린 1학년 때부터 계속 사이좋은 4
인조였죠."

힘차게 태클을 건 우쿄 선배와 깔깔 웃는 사콘 선배.

전설의 초기 멤버는 없는 모양이다.

젠장. 한순간 믿어 버렸잖아.

사천왕이라고 하면서도 '5번째 멤버'라든가 '환상의 0번
째 멤버'가 있다, 그런 자주 있는 패턴인 줄 알았잖아.

"진짜……, 야, 카스미. 너도 뭐라고 좀 해."

우쿄 선배가 어이없어하는 듯한 말투로 말했다.

그 말에 대답한 사람은──, '유부녀'라는 별명을 지닌
그녀.

"어~? 나? 음~, 그래."

'유부녀'——, 시라모리 카스미.

키가 크고 날씬하지만 나올 곳은 확실히 나와있다. 미소녀라기보다는 미녀라고 표현하고 싶어질 정도로 어른스러운 미모를 자랑하는 고등학교 3학년.

'유부녀'라는 매우 불명예스러운 직책 말고도 '문예 동호회 대표'라는 정식 직책도 지니고 있다.

참고로 나는——, 그곳 부대표다.

"뭐, 나도 안하고 마찬가지로 이상한 캐치프레이즈는 탐탁치 않았는데 말이지. 그래도 리노가 무슨 마음인지도 조금 이해가 되거든."

시라모리 선배는 쿡쿡 웃었다.

"자기를 좋아한다고 말해주는 애한테 서비스를 해주고 싶다는 마음."

장난이 생각난 듯한 표정을 그렇게 말한 다음, 주위를 둘러보았다.

그리고——, 나를 발견했다.

학교 식당 구석에서 밥을 먹고 있던 나와 눈이 딱 마주쳐버렸다.

"……윽."

눈이 마주친 순간, 나는 깜짝 놀라 몸이 굳어버렸다.

시라모리 선배는 그런 내 모습을 보고 한순간 여유로운

미소를 짓고는──.

깜빡, 윙크를 했다.

한쪽 눈만 감는 단순한 동작.

겨우 그것뿐인데──, 나는 기분이 매우 어수선해졌다.

이봐, 이봐……, 저 선배가 지금 뭐하는 거지?

누가 보고 있을지 모르는데, 저렇게 노골적인 행동을……!

게다가 서비스라니.

그게 대체 무슨 서비스인데……?

아니……, '자기를 좋아한다고 말해주는 애'라면 분명 나겠지.

내가 몰래 그녀를 보고 있다는 것도, 그리고 귀를 기울이고 있다는 것도, 전부 알면서 노린 듯이 윙크를 날렸다는 뜻이야?

아, 진짜.

당해낼 수가 없네, 정말.

대체 뭐냐고, 이 패배감……!

"……크크큭."

혼자 끙끙대며 고뇌하는 나를 보고 맞은편에 앉아있던 친구인 토키야가 웃었다.

표정을 보아하니 윙크를 눈치챈 모양이었다.

"러브러브라 부럽다, 야."

Illustrations © Hyuuga Azuri

"……시끄러워, 내버려 두라고."

놀려대는 목소리에 힘없이 대답했다.

시라모리 카스미.

'미소녀 사천왕' 중 한 명이자 '유부녀'라는 별명을 지닌 고등학교 3학년.

나보다 한 살 위 선배이고, 두 명밖에 없는 동호회의 회장이고, 그 미모와 사교성으로 인해 남녀를 불문하고 인기가 있고──.

그리고 지금은 나, 쿠로야 소키치와 시험 삼아 사귀고 있는 여자친구다.

자.

나 같은 아싸 중의 아싸가 어째서 학교의 인기인과 시험 삼아라고는 해도 사귀게 되었을까.

이야기는 한 달 정도 전으로 거슬러 올라간다.

일단 대전제가 되는 부분부터 설명하자면──.

나는──, 같은 동호회 선배인 시라모리 카스미에게 반했다.

창피하지만, 완전히 푹 빠져 있었다.

처음 만났을 때부터 거의 한눈에 반한 것처럼 좋아하게

됐고, 그 이후로 1년 동안 점점 더 좋아하게 됐다.

물론 내 주제에 맞지 않는 마음이라는 건 나도 잘 알고 있었다.

그녀가 내게 잘해 주는 건 그녀 같은 인싸는 누구에게나 잘해 주기 때문이고, 그걸 특별한 거라고 착각하면 안 된다. 단순한 친절에 무언가를 기대해 버리면 서로 쓸데없이 상처만 입을 뿐이다.

어울린다고 생각하면 안 된다.

사귈 수 있다고 생각하면 안 된다.

그래도 뭐……, 말은 그렇게 해도 기회가 있지 않을까 하고 기대하는 마음이 사라지지는 않았고, 방과 후 부실에서 고백하는 걸 연습하거나, 성공한 뒤의 데이트 같은 걸 멋대로 망상하기도 했다.

망상만큼은 잘하면서 현실에서는 상처입는 게 두려워서 먼저 아무런 행동도 취하지 못하고, 정말 한심했던 것 같다.

아무튼 그런 식으로 정말 좋아하는 선배와 함께 지낼 수 있는 나날을 귀중하게 여기면서도 한 발짝 내디디지 못하는 자신이 짜증나고 한심하다고 느끼는 나날을 보내고 있었는데——, 지금으로부터 1주일 전.

5월, 어떤 평일 방과 후.

나와 그녀의 관계를 결정적으로 바꿔버린, 극적인 일이

있었다.

　──너 나를 좋아하는 거 맞지?

　아무래도……, 교묘하게 숨기고 있다고 생각했던 내 호의를 그녀는 다 들여다보고 있었던 모양이다. 내 호의를 다 들켰다는 걸 알게 된 순간, 나는 죽고 싶어질 정도로 치욕스러웠지만──.

　──일단 시험 삼아 사귀어 볼래?

　그 이후로 예상하지 못한 전개 덕분에 겨우 죽지 않고 지금도 살아가고 있다.
　시험 삼아 교제.
　뭐가 뭔지 잘 모르겠지만, 시라모리 선배의 제안을 받아들이는 형태로 우리는 시험 삼아 사귀게 되어버렸다.
　아니.
　제안을 받아들였다는 표현은 어폐가 있다.
　그렇게 멋진 게 아니다.
　그렇게 대등한 것 같은 관계가 아니다.

──부, 부, 부탁드릴게요. 저하고……, 사, 사귀어 주세요. 시험 삼아서라도 상관없으니까, 선배하고……, 사, 사귀고 싶어요.

……떠올리기만 해도 죽고 싶어진다.

호의를 들키고, 그 상대가 약간 거만한 느낌으로 시험 삼아 교제하는 걸 제안하고, 그 제안을 매달리는 듯이 받아들여 버렸다.

……촌스럽다.

한심한 것도 정도가 있지.

아무튼.

그런 압도적인 패배감으로부터 우리의 시험 삼아 교제가 시작되었다.

솔직히──, 아직 잘 모르겠다.

전체적으로 현실감이 없고, 한 달이 지난 지금도 붕 뜬 것 같은 느낌이다.

꿈이 아닐까 걱정된다.

저렇게 예쁜 사람이 내 여자친구라니──.

"슬슬 사귄 지 한 달째라고 했나? 소키치하고 시라모리 선배."

아직 윙크 공격의 대미지를 완전히 회복하지 못한 내게

맞은편에 앉아있던 토키야가 아무렇지도 않게 말했다.

하지만 그 말은 아무렇지도 않게 말해선 안 되는 말이었다.

"야, 야……, 멍청아, 너, 너무 그렇게 큰 소리로 말하지 말라고."

"어엉?"

"그러니까, 저기……, 나, 나하고……, 저 사람이, 사귀고 있다고…….."

후반은 약간 작은 목소리.

주위를 살피며 입가에 손을 대고 조용히 말했다.

"아, 그러고 보니까 주위 사람들에게는 숨기고 있다고 했던가?"

"……일단은."

"귀찮네. 당당하게 사귀면 되잖아."

"그건 우리 맘이지."

협의한 끝에 우리가 교제하는 건 주위 사람들에게 숨기기로 했다.

나는 토키야에게 말해 버렸지만, 시라모리 선배는 아직 누구에게도 말하지 않은 모양이었다.

"뭐, 무슨 마음인지는 이해가 되긴 해. 저렇게 유명한 사람이 누군가와 사귄다는 것만으로도 시끄러워질 테고……, 게다가 그 상대가 너 같은 녀석이라면 말이지. 무슨 소문이

날지 모르잖아."

"……알고 있다면 좀 주의해 달라고."

숨기고 싶은 이유가 이것저것 있긴 하지만──, 기본적으로는 방금 토키야가 말한 이유 때문이다.

일단 쓸데없이 눈에 띄고 싶지 않다.

나처럼 시원찮은 아싸와 학교의 아이돌이 사귄다면 다른 학생들에게 얼마나 빈축을 살지 모른다.

호기심 어린 눈초리를 받는 건 사양이다.

뭐, 시라모리 선배는 그렇게까지 상황을 무겁게 받아들이지 않고 '어차피 언젠가는 들킬 테니까 지금은 비밀스러운 관계를 즐기고 싶다' 같은 귀여운 말을 했지만.

"알고 있긴 한데, 우리는 그렇게까지 경계할 필요도 없을걸? 저쪽에서 그렇게 말하면 모를까, 나나 너 때문에 들킬 일은 없을 거야."

"어째서?"

"만약에 네가 직접 '사실 저 사람하고 사귀고 있다'라고 말해 봤자……, 아마 아무도 안 믿을 테니까."

"…………."

매우 실례가 되는 말을 들은 것 같은데, 받아칠 수가 없었다.

하, 하긴, 그렇겠지…….

딱히 열심히 숨기지 않더라도 들키지 않을지도 모르겠네.

내가 아무리 절실하게 '시라모리 카스미와 사귀게 되었습니다'라고 설명해 봤자 아무도 믿어주지 않을 것 같다. '아, 어제 그런 꿈을 꿨어?'라고 생각하겠지.

의도하지 않게 완벽한 기밀 유지를 할 수 있게 된 건가.

하하하……, 내 뛰어난 보안 능력 때문에 눈물이 나네.

그러고 있자니.

"——이봐, 거기가 아니라 이쪽에 앉자고."

요리를 들고온 우쿄 선배가 약간 큰 목소리로 말했다.

다른 두 사람은 요리를 받은 곳 근처에 앉으려 했는데, 우쿄 선배는 약간 거리가 떨어진 자리로 이동해 있었다.

"어~? 거긴 왜? 자리는 어디 앉아도 되잖아."

"어디 앉아도 되는 거면 여기 앉아도 되는 거잖아."

"뿌우~. 안냥은 여전히 억지스럽네~. 애초에 난 오늘 학교 식당에 올 생각도 없었는데 억지로 데리고 왔고……."

"너무 그러지 말고."

투덜투덜 불평하는 사콘 선배와 그녀의 머리를 쓰다듬으며 달래주는 시라모리 선배. 두 사람은 결국 우쿄 선배 근처에 앉았다.

그녀들 세 명이 앉은 곳은 나와 토키야가 앉아있는 자리에서 꽤 가까웠다.

"……응?"

그때 문득 나는 눈치챘다.

제일 먼저 자리에 앉은 우쿄 선배가──, 이쪽을 힐끔거리고 있다는 걸.

으아, 이런.

내가 아까부터 살펴보고 있다는 걸 들켰나?

기분 나쁘다고 생각된 건가……?

아싸가 아싸답게 멀리서 여자를 바라보고 있네, 그렇게 가여워한 건가?

갸루가 아싸에게 상냥한 건 역시 픽션 세계뿐인 건가……?!

그런 식으로 피해망상을 폭발시키고 있었는데, 아무래도 내 생각이 틀린 모양이었다.

이쪽에 쏠린 시선에는 짜증 난다는 느낌이나 조롱하는 의도가 없었고──, 오히려 그 반대였다.

우쿄 선배는 아무렇지도 않은 척하면서 왠지 긴장한 듯한 표정으로 이쪽을 살펴보고 있었다.

아니.

이쪽을 보고 있다고는 해도……, 나를 보고 있지는 않은 것 같은데?

애초에 '상대방이 이쪽을 보고 있다'라는 걸 내가 눈치채고 있다──, 다시 말해 내가 그쪽을 보고 있는데도 불구하고 눈이 마주치지 않은 시점에서 그녀가 나를 보고 있는 건 아니다.

내가 아니라——.

"……야, 토키야."

작은 목소리로 말했다.

"우쿄 선배……, 왠지 너를 보고 있는 거 같은데?"

"응?"

토키야는 의아하다는 표정을 지은 다음, 고개를 돌려서 우쿄 선배가 있는 쪽을 슬쩍 보았다.

그러자.

"……윽."

우쿄 선배가 급하게 눈을 피했다.

"안냥, 왜 그래?"

"아, 아무것도 아니야."

사콘 선배가 묻자 알아보기 쉽게 동요하는 모습을 보였다.

척 보기에도 뭔가 있는 것 같았다.

"아…….."

토키야는 귀찮다는 듯이 말하고 머리를 벅벅 긁은 다음.

"아무것도 아니야."

그렇게 말했다.

이쪽도 마찬가지로 척 보기에 뭔가 있는 것 같은 반응이었다.

　흐음.

　이게 대체 어떻게 된 거지?

　그러고 보니 우쿄 선배가 좀 전에 다른 두 사람에게 떼를 쓰면서까지 저쪽 자리에 앉은 것 같기도 한데, 설마 그 목적이——.

　"……음."

　이것저것 생각하고 있자니 주머니 안에서 스마트폰이 진동했다.

　확인해 보니 시라모리 선배가 라인을 보냈다.

　『야호~. 오늘은 근처에서 밥을 먹네.』

　그렇게 잽을 가볍게 날리는 듯한 메시지.

　나도 마찬가지로 가볍게 답장을 보냈다.

　『오늘은 학교 식당에서 드시네요.』
　『응, 왠지는 모르겠는데 안이 가자고 해서.』

　시라모리 선배는 기본적으로 점심을 도시락으로 먹는다. 날마다 직접 싸오는 모양이다. 가끔 깜빡했을 때 학교 식당에서 먹기도 하는데……, 흐음.

　그런 상황에서 데리고 왔다는 건, 우쿄 선배가 어제 미리 가자고 했다는 뜻인가? 더더욱 수상쩍다고 해야 하나, 뭔가 있을 것 같다고 해야 하나.

　혼자 생각에 잠겨 있자니.

『그러고 보니 말이야.』

　시라모리 선배가 화제를 돌렸다.

　완전히 돌렸다.

『아까 내 윙크, 확실하게 전달됐어?』

"……윽."

　동요했지만, 어느 정도 예상하고 있었기에 그렇게까지 크게 동요하진 않았다. 뭐, 그렇지. 라인이 온 시점에서 분명히 그걸 건드릴 줄 알았거든.

『글쎄요? 윙크 같은 걸 하셨나요?』

『거짓말, 거짓말. 확실하게 보고 있었으니까 둘러대려고 해도 소용없어.

　쿠로야 군이 엄청 당황하는 모습을 똑똑히 봐 버렸거든.』

확실하게 보고 있었냐고.

똑똑히 봐 버렸냐고.

그럼 '전달됐어?'라고 물어보지 말란 말이야…….

『뭐, 보인 것 같긴 한데, 잘 모르겠네요.

윙크 같은 건 그냥 눈을 깜빡이는 것의 일종이니까요.

그런 게 보인다 해도 기억에 남진 않는다고요.』

『호오……, 그렇구나.』

그러자 일단 메시지가 멈췄다.

왠지 기분 나쁜 침묵이 흐른 다음───, 마치 뭔가 나쁜 꿍
꿍이를 생각해 낸 것 같은 침묵이 흐른 다음, 터무니없는 내
용이 날아들었다.

『그럼 쿠로야 군도 해줘, 윙크.』

뭐?

……뭐어?

『제가 왜요?』

『윙크 같은 건 그냥 눈을 깜빡이는 거라며?

그럼 해줘도 되잖아.』

『……남자가 윙크하는 건 기분 나쁠 뿐이잖아요.』

『흐음. 그렇구나. 아쉽네.』

의외라고 해야 하나. 시라모리 선배는 쉽사리 물러났다. 이상하네. 선배는 분명히 억지로 꽉꽉 들이댈 줄 알았는데.

『로맨틱할 것 같았는데 말이지.

이런 곳에서 두 사람이 몰래 서로 윙크를 하면.』

왠지 쓸쓸해 보이는 내용이 날아들었기에 마음이 애절해졌다. 나쁜 짓은 아무것도 안 했을 텐데, 왠지 매우 미안해져 버렸다.

혹시 그 윙크가 그냥 놀린 게 아니라 선배 나름대로의 애정 표현이었던 걸까? 사람들 눈이 있는 가운데 비밀로 사귀는 애인과 둘만 알아볼 수 있는 신호를 주고받는다──, 그런 로맨틱한 느낌을 기대하고 한 거였을까?

그럼에도 불구하고 나는 받기만 하고 아무것도 돌려주지 않을 셈인 건가?

그렇게 뻔뻔해도 되는 걸까?

……뭐.

선배는 내가 이렇게 생각할 걸 예측하고 일부러 한 발짝

물러선 듯한 내용을 보냈을지 모르겠지만──, 그래도, 그렇다 하더라도 상관없다.

속은 것이든 아니든 겨우 윙크 하나에 꾸물꾸물 고민하는 게 더 꼴사납다.

이런, 이런.

결국 이것도 반한 쪽이 지는 건가?

나는 조용히 각오를 다지고는 천천히 고개를 들었다.

시라모리 선배를 보니──, 우연인지 필연인지, 그녀도 내가 있는 쪽을 보고 있었다.

뭔가 기대하는 듯한 눈빛으로 나를 보고 있었다.

그런 눈빛을 보여주니 내가 할 행동은 한 가지밖에 없었다.

어금니를 악물고, 창피한 마음을 억누르고, 그리고 기합을 넣고 눈을 힘껏 뜬 다음──.

깜빡.

한쪽 눈을 감고 윙크를 날렸다.

다음 순간──.

"……푸흐읍!"

선배가 뿜었다.

기운차게, 있는 힘껏, 뿜었다.

곧바로 콜록콜록, 사레들려 버려서 우쿄 선배와 사콘 선배가 걱정해 주었다.

"크핫! 뭐, 뭐하는 거야, 소키치. 크하하하."

맞은편에 앉아있던 토키야도 어울리지 않게 입을 크게 벌리며 웃었다.

"하하하핫. 너, 너……, 갑자기 이상한 표정 짓지 말라고, 그 짓눌린 매미 같은 표정은 대체 뭔데?"

"…………."

내 윙크는 사정을 모르는 사람이 보기에는 이상한 표정인 모양이었다.

그리고 짓눌린 매미 같은 표정인 모양이었다.

방과 후——

"푸흡……, 아하핫."

항상 그랬듯이 단둘이, 전 문예부 부실.

맞은편에 앉은 시라모리 선배는 여전히 윙크의 충격에서 벗어나지 못하고 있었다. 열심히 참으려 하는 것 같긴 하지만, 견디지 못하고 웃어버리고 있었다.

"아하핫……, 후, 후후후. 아~, 웃겨."

"……너무 웃으시네요."

"후후……, 아니, 이건 어쩔 수 없어……, 지금 생각해도 웃음이 나오네. 기습도 정도가 있지……."

진심으로 즐거운 듯이 말하는 시라모리 선배.

"쿠로야 군, 윙크를 못 하는 사람이었구나."

"아니, 했거든요?"

"아니, 아니, 못 했다니까. 전혀 못 했어."

"⋯⋯그야 윙크 같은 건 평소에 안 하니까 잘 해내지 못했을지도 모르겠지만, 형태가 잡히긴 했잖아요?"

"아니, 아니, 이미 그런 차원이 아니라고."

시라모리 선배는 어이없다는 말투로 말하면서 자기 가방에서 손거울을 꺼냈다.

"자. 직접 확인해 봐."

"⋯⋯⋯⋯."

나는 어쩔 수 없이 거울을 받아들었다. 이런, 이런, 시라모리 선배도 참 호들갑이라니까. 남의 표정을 보고 크게 웃어 버리고 말이야⋯⋯, 실례잖아. 딱히 윙크가 능숙하다는 생각은 안 하지만, 그렇게 웃을 정도로 이상하지도 않을 텐데.

손거울을 펴고 얼굴을 정면에 두었다.

그리고 점심 시간 때처럼──, 어금니를 악물고, 눈을 번뜩 뜬 다음 깜빡, 윙크를 했다.

그 결과──.

"⋯⋯으, 으아앗."

내가 내 얼굴을 보고 깜짝 놀라 몸을 뒤로 젖혀 버렸다.

어, 어어어?

잠깐만.

방금 그거, 뭐지……?!

짓눌린 매미 같은 게 거울에 보였는데……?

더욱 구체적으로 설명하자면……, 얼굴이 웃길 정도로 좌우 비대칭으로 일그러졌고, 그러면서도 약간 흰자가 드러났다. 입은 다물고 있는데 입술만 벌어져서……, 뭐라고 해야 하나, 그거다.

'슬램덩크' 산왕전에서 개막 앨리웁 사인을 보낸 송태섭 같은 입이다.

'으익' 같은 입.

"아하하하하……, 안 되겠어, 진짜 안 되겠어, 그 얼굴, 너무 웃겨……!"

경악과 절망을 맛본 나와는 달리 시라모리 선배는 소리를 내며 웃고 있었다.

"애초에 말이지, 왜 이를 악물고 있는 거야?"

"그, 그건……, 기합을 넣기 위해서."

"여, 영문을 알 수가 없네……, 그, 그러면, 처음에 눈을 번쩍 뜬 건……?"

"……자, 자신의 수치심을 억누르기 위해서."

"그러니까 영문을 알 수 없다고……, 후훗, 아하핫."

포복절도라고 해야 하나.

시라모리 선배는 배를 부여잡으며 웃고 있었다.

나도 그제야 부끄러운 마음이 솟구쳤다. 아니, 내가……, 윙크를 이렇게 못했나?

"휴우~, 왠지 깜짝 놀랐네. 놀릴 생각으로 윙크를 해달라는 것뿐이었는데, 쿠로야 군의 새로운 일면을 발견했어."

웃음이 겨우 잠잠해졌나 싶었는데 이번에는 이쪽을 싱글거리며 바라보고 있다.

항상 보여주던 놀리는 표정이다.

"설마 쿠로야 군이 이렇게 재미있는 개인기를 숨기고 있었다니."

"……개인기라뇨."

말이 참 심하다.

나는 진지하게 하는 건데.

"흥. 딱히 상관없어요. 윙크 같은 걸 못 한다고 죽는 것도 아니고."

"삐지지 마, 정말. 미안해, 웃어서."

시라모리 선배는 뒤늦게 사과하려는 모양이었다.

"그런데 말이지, 왜 못하는 걸까?"

의아하다는 듯이 말하며 깜빡, 깜빡, 윙크하는 시라모리 선배.

젠자아앙. 귀엽네, 진짜.

"이런 건 간단하잖아."

"……천재들은 항상 그렇게 말하죠. '이런 건 간단하잖아'
라고요. 그렇게 자각 없이 하는 말이 가지지 못한 자에게 얼
마나 큰 상처를 입히는지……."

"호들갑 떠네."

뭐, 호들갑이긴 하다.

딱히 상처를 입지도 않았다.

솔직히 윙크를 할 수 있든 아니든, 딱히 상관없지.

"딱히 상관없어요. 이제 평생 윙크 같은 건 안 할 거니까."

애써서 긍정적으로 생각하자.

오히려 자각하지 못했던 단점을 자각할 수 있게 되어 다
행이다.

오늘 자각하지 못했다면 더 부끄러운 타이밍에 추태를 드
러냈을지도 모르니까.

"자자, 그런 말 하지 말고 말이야. 모처럼 기회가 생겼으
니까 연습해 보는 게 어때?"

"연습……?"

"응, 쿠로야 군이 평범하게 윙크할 수 있게끔."

"……방금 말했잖아요, 못해도 인생을 살면서 곤란하진
않으니까."

"음~, 어째서 못하는 걸까?"

내 말을 전혀 안 듣네.

보아하니 맞춰줘야 하는 흐름인 모양이다.

"표정 근육에 문제가 있나?"

"그럴지도 모르겠네요. 저 같은 녀석은 표정 근육이 딱딱하게 뭉쳐 있으니까요."

적당히 나름대로 고찰을 말했다.

"연예인이나 아이돌, 아나운서……, 그렇게 다른 사람들 앞에 나서는 직업을 가진 사람들은 평소에도 입가를 올리면서 표정 근육을 단련한다고 하니까요. 그래서 미소가 기본 표정이고, 자연스럽게 부드러운 미소를 지을 수 있고, 상대방에게 좋은 인상을 줄 수 있는 거죠."

얼굴은 타고나는 거지만──, '얼굴 생김새'는 의외로 후천적인 노력을 통해 어떻게든 할 수 있다.

평소부터 입가를 올리는 연습을 하면서 표정 근육을 단련시킴으로써 다른 사람에게 좋은 인상을 주는 얼굴 생김새를 만드는 것도 가능하다.

"사람의 인상은 첫인상으로 9할이 결정된다고 하니까 괜찮은 느낌으로 항상 미소를 지을 수 있게 해두는 건 인간관계에서 매우 중요하거든요. 뭐, 의식해서 단련하지 않더라도 성격이 밝아서 평소에 자주 웃는 사람은 자연스럽게 표정 근육이 단련되지만요."

"…………."

"어……? 왜, 왜 그러세요?"

"아니, 뭐라고 해야 하나."

시라모리 선배는 복잡한 듯한 표정으로 말했다.

"그렇게 잘 알면서 왜 실천할 생각이 없나 싶어서."

"……분석과 실천은 다른 차원의 문제라고요. 실력이 좋은 애널리스트가 실력이 좋은 육상 선수도 될 수 있다는 보장은 없으니까."

아싸라면 공감한다.

자기 나름대로 커뮤니케이션 이론 같은 건 머릿속에 확실하게 정해져 있다.

하지만 실천으로 옮길 수는 없고, 옮길 생각도 별로 없다.

반 친구들 이야기에 귀를 기울이며 '아, 나라면 그럴 때 이런 식으로 반론해서 논파할 텐데', '아니, 그 이야기라면 먼저 결론 부분을 이야기하지 않는 게 나았을 텐데', '멍청이, 그럴 때는 한번 엎어서 다시 웃음거리를 만들 흐름이잖아'라고 마구 망상을 해대지만, 현실에서는 아무것도 하지 않는다.

한 발짝만 내디디면 세계가 바뀐다는 것도 알고 있긴 하지만……, 세계를 바꿀 만한 한 발짝을 간단히 내디딜 수 있다면 고생할 사람은 없다.

"그러니까 정리하자면……, 인싸는 항상 즐겁고 밝게 살아가고 있으니까 표정에 미소가 스며들어 있어서 다른 사람에게 주는 인상이 좋아지고, 점점 사람들이 더 많이 모여든다는 선순환. 한편, 저 같은 외톨이 아싸는……, 평소에 다른 사람하고 별로 이야기를 안 해서 표정 근육이 죽었죠. 그래서 미소를 짓는 게 서투르고 그 때문에 다른 사람에게 주는 인상이 안 좋아져서 인간관계가 더 희박해진다는 어쩔 수 없는 악순환……."

"무, 무슨 결론이 그렇게 슬픈데."

선배는 가여워하는 듯이 중얼거린 다음.

"뭐, 그래도 원인이 표정 근육이라면 개선할 수 있을지도 몰라."

화제를 돌리려는 듯이 밝은 목소리로 말하면서 자기 볼을 만지작거렸다.

"봐, 이런 식으로 만져보면 어떨까?"

말랑말랑.

뺨까지 입가를 치켜 올렸다.

약간 이상한 표정인데 열받을 정도로 귀여웠다.

"이렇게 애정을 담아서 마사지 해주면 죽은 표정 근육이 되살아나지 않을까?"

"……딱히 상관없어요. 이 녀석은 이제 편안히 잠들게 해

주죠."

"정말. 그렇게 하기 전부터 포기하지 말라고."

"내버려 두세요, 선배하고는 상관없잖아요."

"상관있어."

왜냐하면, 선배는 그렇게 계속 말했다.

의자에서 일어나 내 쪽으로 걸어오면서.

"나는 쿠로야 군의 다양한 표정을 좀 더 보고 싶으니까."

심술궂은 듯한 미소를 지으며 내 근처에 있던 의자에 앉은 다음──.

말랑.

손을 뻗어 내 볼을 만졌다.

"──윽."

너무 깜짝 놀란 나머지 반사적으로 몸을 뒤로 빼려 했지만, 얼굴이 움직이지 않았다.

그녀는 그냥 만진 것뿐만이 아니라 두 손으로 내 볼을 확실하게 감싸고 있었다.

"뭐, 뭐 하시는 거예요……?"

"응~? 뭐냐니, 방금 말했잖아?"

애정을 담아서 마사지.

라고.

눈앞에 있는 입술이 매혹적으로 움직이며 그런 말을 중얼거린 직후──, 볼에 닿아있던 손가락 끝이 움직이기 시작했다.

말랑말랑, 부드럽게 만지작거렸다.

"와~, 쿠로야 군의 볼은 의외로 부드럽네."

"……윽."

이봐, 잠깐만.

이 상황은 대체 뭐지……?!

만지고 있다. 시라모리 선배가 내 볼을 만지고 있다.

이, 이건……, 뭐라고 해야 하나, 꽤 아슬아슬하지 않나?

아무리 우리가 사귀고 있다고 해도 그저 손 한번 잡아본 것뿐인 커플인데……, 손 다음이 얼굴이라니.

꽤 개인적인 부분까지 파고든 것 같은 느낌이 든다.

나쁜 짓을 하고 있는 것도 아닌데, 왠지 위험한 짓을 하고 있는 듯한 기분.

아니……, 그냥 부끄러워!

"말랑말랑, 말랑~."

시라모리 선배는 수치심과 갈등으로 머리가 가득 찬 나를 무시하고 내 볼을 가지고 놀고 있었다.

"햐, 햠깐한……, 흐안하혜여."

"아하하. 뭐라고 하는지 모르겠네~."

"흐, 흐으…….."

"있지, 학급 문고라고 해봐."

"말 안 해혀."

"후후후."

가학적인 미소를 짓고 있긴 하지만.

"아. 아프면 말해, 바로 그만둘 테니까."

그렇게 자상한 속마음 같은 부분도 드러나고 있었기에 나도 강하게 반발하지는 못하고 그냥 견딜 수밖에 없었다.

만지작거리거나 늘리거나 잡아당기거나, 내 볼이 장난감처럼 놀아난 시간이 몇 초 정도 이어진 뒤──.

"……그냥 손을 놓고 있구나."

시라모리 선배가 조용히 그렇게 말했다.

"……네?"

"반격, 안 해?"

왠지 신기하게도 불만스러운 목소리.

그제야 앞을 보니──, 그녀는 약간 쑥스러워하는 듯한 표정으로, 그러면서도 무언가를 기대하는 듯한 눈으로 나를 보고 있었다.

"반격이라니……."

어느새 볼을 꼬집거나 잡아당기는 공격이 멈췄기에 평범하게 말할 수 있었다.

그녀는 이제 그저 내 볼에 손을 가져다 대고 있을 뿐.

그런 자세를 취하며 나를 똑바로 바라보고 있었다.

"어, 어떻게 해야……."

"그건 알아서 생각해야지."

"……윽."

어떻게 하지? 어떻게 하면 되지?

반격이라니……, 설마 나도 똑같은 걸 하라는 건가?

시라모리 선배의 얼굴을 만지거나 꼬집거나, 말랑말랑 만지작거리거나──.

……모, 못 해.

절대 못 해.

그런 짓을 할 수 있을 리가 없어.

상대방의 얼굴을 만지는 건……, 손을 잡는 것과는 전혀 다르다. 상대적인 거리감이 가까워서 마음을 허락한 상대에게만 할 수 있는 행위──.

"……아~. 오늘도 쿠로야 군은 반격하지 않는 건가?"

왠지 도발하는 것 같은 목소리를 들으니 머리가 화악, 뜨거워졌다.

분하기도 하고 한심하기도 하고, 정말 복잡한 기분이었다. 이런 말까지 듣고 반격 하나도 제대로 하지 못하는 자신 때문에 점점 열받기 시작했다.

다시──, 시라모리 선배의 얼굴을 바라보았다.

크고 매력적인 눈. 긴 속눈썹. 오뚝한 콧등. 윤기 있는 입술……, 모든 것이 아름답고 귀여워서 신성한 예술품 같았다.

나 같은 녀석이 만져도 될 게 아니다.

그렇게 생각하는 반면——, 마음속 어딘가에서 만지고 싶다는 욕구가 싹텄다.

만지기 껄끄러울 정도로 고귀하고 아름다운 존재이기 때문에 이 손으로 만져서 자기 것으로 삼고 싶다는 느낌이 드는 것처럼——.

"그, 그래도 되는 거죠? 반격해도."

아무리 애를 써도 목소리가 떨려버렸다.

"어떻게 되더라도 저는 모르거든요?"

"……응, 좋아."

한순간 놀란 듯이 눈을 크게 뜬 다음, 시라모리 선배는 조용히 미소를 지었다.

"쿠로야 군이라면 무슨 짓을 당하더라도 괜찮아."

어차피 나 같은 허당은 뭘 못할 거라 안심하고 있기 때문에 하는 말인 건지, 아니면——.

어찌 됐든 그 말을 들으니 내 마음속 브레이크가 하나 망가진 것 같은 느낌이 들었다.

천천히 손을 뻗었다.

용기와 욕망을 뭉쳐놓은 듯한 감정이 수치심을 넘어 내 몸을 움직이고 있었다.

"……응."

시라모리 선배는 약간 몸을 떨었지만, 도망치지는 않았다.

내 볼에서도 손을 떼고——, 그리고 조용히 눈을 감았다.

완전히 무방비한 상태.

전혀 저항하지 않고 내가 반격하기를 기다리고 있다.

마치 몸 전체를 내게 맡긴 듯이.

지금이라면 아무리 적극적인 행동을 하더라도 허락하겠다는 것처럼——.

꿀꺽, 침을 삼켰다.

심장은 믿기지 않을 정도로 빠르게 뛰고 있었다.

내 손은 천천히, 천천히 올라갔고, 눈을 감은 선배의 볼에 닿——지 않고.

곧바로 볼을 지나친 다음, 정수리 근처에서 멈췄다.

그리고 툭툭, 머리를 쓰다듬었다.

"……어?"

의문과 당황한 목소리.

시라모리 선배는 눈을 떴지만……, 나는 눈을 피할 수밖에 없었다.

"방금 그거, 반격이야?"

"…………."

"머리를, 툭툭, 쓰다듬다니……."

"……이제 진짜로 좀 봐주세요."

이런 상황에서조차 사과하는 나는 완전히 연애 패배자에 불과했다.

이제 못 해!

역시 못 하겠어!

아무리 무방비하게 나와도 아무것도 할 수가 없어!

얼굴을 만지는 것도 못 하고……, 그 이상은 말도 안 되고.

브레이크가 망가진 것 같긴 했지만, 아무래도 내 브레이크는 예비가 잔뜩 있었는지, 하나가 망가진 뒤에도 문제없이 폭주를 막아주었다.

젠장…….

위기관리가 너무 완벽하잖아.

엄청난 고뇌 끝에 내가 겨우 만질 수 있었던 것은……, 인체의 일부이면서도 피부를 만지는 느낌이 매우 희박한 머리카락 너머 머리였다.

아, 진짜 내가 허당이라는 게 싫어진다.

이래선 얼마나 또 놀려댈지 모르겠다. 나는 그렇게 생각하면서 축 늘어져 있었지만.

"……흐음. 그렇구나."

Illustrations © Hyuuga Azuri

뜻밖이라고 해야 하나.

시라모리 선배는 딱히 놀리고 그러진 않았다. 그러기는커녕, 내가 만진 머리 부분을 자기 손으로 쓰다듬는 듯이 만지며 행복하다는 듯이 웃고 있었다.

"후후. 반격당해 버렸네에."

"…………."

어라?

왠지 기뻐 보이는데?

어, 어째서……?

당황한 나와는 달리 시라모리 선배는 혼자서 즐거워했다.

클럽활동 시간이 끝나자 오늘도 마찬가지로 둘이서 같이 부실을 나섰다.

사귀고 난 뒤에는 내가 자전거를 세워둔 자전거 보관소까지 같이 걸어가게 되었다.

그 이후로 어떻게 할지는……, 뭐, 그날마다 다르다.

중간까지 같이 가거나, 어딘가에 들르거나, 등등.

"오늘처럼 마사지를 반복하다 보면 언젠가 윙크를 할 수 있게 될지도 몰라."

"……아니, 이제 됐어요. 잊어 버리죠. 윙크도, 마사지도 전부 잊어 버리죠."

신발을 갈아신고 자전거 보관소로 가던 도중.

좀 전의 그 흑역사를 다시 파헤치자 나는 질색했다.

시라모리 선배는 쿡쿡 웃었다.

"그래도 말이지, 쿠로야 군. 표정 근육을 안 써서 죽었다고 하던데……, 의외로 그렇지 않거든?"

"어……."

"왜냐하면 나는──, 1년 동안 쿠로야 군의 다양한 표정을 봐왔으니까. 오히려 군이 말하자면 표정이 다양한 편 아닐까?"

"……윽."

왜, 왠지 엄청 부끄럽다. 딱히 쿨한 캐릭터나 무표정한 캐릭터 행세를 한 건 아니지만, 다른 사람이 '표정이 다양하다'라고 말하니 엄청 부끄럽다.

"특히 최근 한 달 동안은 엄청났던 것 같은데에. 사귀고 난 이후로 쿠로야 군은 지금까지 본 적도 없었던 것처럼 부끄러워하는 표정을 잔뜩 보여준 것 같아."

"으윽……, 그건 선배도 마찬가지잖아요."

계속 공격당하는 건 마음에 들지 않았기에 받아쳤다.

"시험 삼아 사귀기 시작한 이후로……, 지금까지 본 적이 없었던 표정을 꽤 많이 지었던 것 같은데요."

"어? 그런가?"

시라모리 선배는 말꼬리를 흐리면서도.

"음……, 뭐, 그럴지도 모르지."

그렇게 말하고 고개를 끄덕이며 살짝 웃었다.

"다른 사람에게는 보여주지 못하는 표정을 쿠로야 군에게 는 보여줬을지도 모르겠네에."

"……윽."

또 가슴이 두근거리는 말을 하고 말이야……!

아, 안 되겠다. 반격을 좀 하려 했더니 몇 배가 되어 돌아 온다.

전혀 이길 수 있을 것 같지 않아.

"후후. 기대되네."

패배감에 휩싸인 나를 바라보며 시라모리 선배가 즐겁게 웃었다.

"남은 고등학교 생활……, 이제 1년도 안 남았지만, 앞으 로 서로 본 적이 없는 표정을 잔뜩 보여주겠지. 왜냐하면 우 리는……, 남자친구와 여자친구가 되어버렸으니까."

"……시험 삼아 사귀는 거지만요."

"시험 삼아라도 마찬가지지."

시라모리 선배는 그렇게 말하며 의기양양하게 웃었다.

시라모리 선배는──, 3학년.

올해가 고등학교 생활 마지막 1년이다.

1년 전 봄에 만나고, 같은 클럽활동 멤버로서 함께 지내는 경우가 많았던 우리는 고등학교 생활의 여러 가지 이벤트를 이미 경험해왔다.

여름방학, 체육제, 문화제, 선배의 수학여행, 겨울방학, 크리스마스, 밸런타인……, 등등, 작년 1년 동안 다양한 정기 행사가 있었다.

올해도 마찬가지로 작년처럼 정기적인 계절 이벤트를 경험해 나갈 것이다.

하지만.

우리 관계는 한 달 전에 결정적으로 변했다.

단순한 선배와 후배에서 한 발짝 나아간 관계로.

관계가 바뀌면 같은 이벤트도 의미가 전혀 달라진다.

그리고 서로가 보여주는 표정도 바뀌어 간다.

앞으로 일어나게 될 다양한 이벤트를 생각하니 가슴이 뛰는 걸 막을 수가 없었다.

시험 삼아라고는 해도 내 여자친구가 되어준 시라모리 카스미가 앞으로 어떤 표정을 보여줄지, 기대되어 어쩔 수가 없다.

바람이나 불륜 같은 건 왠지 다른 세계에나 있는 거라 생각했다.

와이드쇼 같은 걸 보면 정기적으로 연예인의 불륜 소동을 다루곤 하는데, 그런 걸 봐도 '멍청하기는'이라는 식으로 남 일이라 생각할 뿐이었다.

솔직하게 말하자면——, 배짱을 부리고 있었던 것 같다.

바람을 피운다는 건 먼 세계에나 있을 법한 일이라고 생각하며 아무런 대책도 세우고 있지 않았다.

왜냐하면, 상상도 못 했으니까.

내가 설마 바람피우는 거 아니냐고 추궁당할 줄이야——.

"…………."

"…………."

뼈아플 정도의 침묵이 부실을 가득 채우고 있었다.

실내에 있는 사람은 나와 선배 두 명.

하지만 오늘은 항상 그랬듯이 마주보고 의자에 앉아 있는 게 아니다.

시라모리 선배는 의자에 앉아있지만——, 나는 바닥에 정좌를 하고 있었다.

딱히 선배가 강요한 건 아니다.

정신을 차리고 보니 자연스럽게 정좌를 하고 있었던 것이다.

그녀가 내뿜고 있는 무시무시한 불쾌 오라를 보니 도저히 의자에 앉아있을 수가 없었다. 무릎이 저절로 꺾이고 접혀서 정좌 자세를 취하고 말았다.

"……에휴~."

묵직한 침묵 끝에 시라모리 선배가 보란 듯이 한숨을 쉬었다.

"왠지……, 충격이네. 설마 쿠로야 군이 나 몰래 이런 짓을 하고 있었다니."

"……윽."

실망 7할, 분노 3할 같은 눈빛으로 바라보니 속이 쓰린 것 같았다.

평소에는 비교적 부드럽게 웃는 편인 시라모리 선배가 지금은 매우 싸늘한 표정을 짓고 있었다.

그녀가 들고 있는 건——, 스마트폰.

그녀의 스마트폰이 아니라 내 스마트폰.

화면에는……, 뭐라고 해야 하나, 결정적인 게 떠 있었다.

"이건 이미——, 바람을 피운 거지."

"아니……, 자, 잠깐만요!"

나는 참지 못하고 따졌다.

"바람을 피웠다……는 것까진 아니잖아요? 그 정도는 바람을 피운 거라고 할 수 없지 않나……."

"바람을 피우는 남자들은 다들 그렇게 말하거든."

"……윽."

"적어도 나를 배신했다는 건 자각하고 있는 거지? 그래서 필사적으로 숨기려 했던 거잖아?"

"그, 건……."

규탄하는 목소리가 연달아 날아들자 아무런 말도 할 수 없게 되어버렸다.

아……, 어째서 이렇게 되어버린 거지?

설마 내가, 아싸 중의 아싸인 내가, 애인에게 바람을 피우는 것 아니냐는 의심을 사게 되다니──.

이야기는 몇 십분 정도 전으로 거슬러 올라간다.

아직 행복했던 무렵으로 거슬러 올라간다.

"있지, 있지, 쿠로야 군."

맞은편에 앉아있던 시라모리 선배가 평소처럼 미소를 지으며 잡담하는 듯이 물었다.

"쿠로야 군은 말이지, 바람을 피우는 게 어느 정도부터일 것 같아?"

"바람을 피우는 거요?"

"그래, 그래. 전에 좀 이야기한 적 있었지? 그, 데이팅 이야기를 했을 때."

"아⋯⋯."

그런 이야기를 한 적이 있었다.

우리가 시험 삼아 교제하는 것에 대해 시라모리 선배가.

'해외에서 말하는 데이팅 기간 같은거라고 생각하면 돼.'

그렇게 설명했고, 내가.

'잠깐만요. 데이팅 기간이라면⋯⋯, 여러 상대와 동시에 진행해도 되는 건가요?'

라고 말하면서 마구 초조해했었지.

그 이후로는⋯⋯, 내가 완전히 무덤을 파면서 창피한 꼴을 당했기에 별로 떠올리고 싶지 않다.

"우리는 시험 삼아 사귀는 거지만 바람을 피우지는 말자, 그렇게 정했는데⋯⋯, 애초에 어디서부터 어디까지가 바람을 피우는 걸까 싶어서. 이런 건 사람마다 전혀 다르잖아?"

"⋯⋯그렇죠."

바람을 피우는 것의 정의, 기준.

그것은──, 사람마다 다를 것이다.

법률로 따지자면 불륜인지 아닌지는 육체관계의 유무에 따라 결정되는 모양이다.

아무리 진심으로 서로 사랑하더라도 육체관계를 가지지 않았다면 불륜이 아니고, 반대로 그냥 노는 상대라고만 생각하더라도 육체관계를 가졌다면 불륜.

그래도 뭐, 이건 기혼자의 경우다.

결혼이나 약혼을 하지 않은 커플일 경우에는——, 바람을 피우거나 부정행위를 하는 것을 법으로 금지하지 않는다.

그렇기 때문에 각자의 기준이 매우 중요해진다.

"안도 말이야, 예전 남자친구하고 그것 때문에 헤어졌거든. 바람을 피웠다고 해야 하나, 그 이전의 문제로."

미소녀 사천왕 중 한 명——, 우쿄 안.

호오. 그 사람한테 남자친구가 있었구나.

"예전 남자친구는 여자친구가 있더라도 아무렇지 않게 미팅을 하러 나가는 사람이었고……, 그 사람은 '미팅은 바람을 피운 게 아니다'라고 주장한 모양인데 안은 '몰래 미팅을 하러 나가는 건 바람을 피운 거다'라고 주장하면서 물러서지 않아서 그대로 싸우고 헤어졌대."

흐음~. 그렇군.

뭐, 양쪽 다 무슨 말을 하는 건지 이해가 되는 것 같기도 하고, 아싸인 나는 이해가 잘 안 되는 것 같기도 하고.

"쿠로야 군은 어떻게 생각해?"

"저는 뭐……, 굳이 말하자면 우쿄 선배하고 좀 더 가깝겠네요."

딱히 선배의 친구라고 해서 편을 들어줄 생각은 아니다.

솔직한 마음이었다.

"몰래 미팅을 하러 나가는 건 아웃이죠."

"호오. 그럼 쿠로야 군은 미팅 같은 거 하러 가자고 해도 여자친구가 있으면 안 가겠네?"

"……일단 하러 가자는 사람이 없겠지만, 여자친구가 없다고 해도 가고 싶진 않아요."

불특정 다수의 여자와 이야기를 하다니……, 그게 대체 뭔데?

완전히 벌칙이잖아.

미팅이 아니라 고문 아니야?

딱히 그런 걸 좋아하는 사람을 부정할 생각은 없지만……, 나는 못할 것 같다. 그런 곳에 가봤자 어차피 제대로 적응할 수도 없다. 그런 주제에 쿨한 캐릭터를 끝까지 밀어붙일 만한 기개도 없으니 이상하게 아양을 떠는 듯한 태도를 보이고, 열심히 이야기하다가 완전히 썰렁해지고, 그런 다음에 집에 와서 마구 후회하며 죽고 싶어지는 것까지가 한 세트.

어차피 결과가 뻔하다.

미팅 같은 이벤트는 돈을 준다고 해도 가고 싶지 않고, 돈을 내고서라도 피하고 싶다.

"아니……, 미팅뿐만이 아니라 '몰래'라는 부분이 문제일 것 같은데요."

나는 말했다.

"미팅뿐만이 아니라 몰래 연락을 주고받거나, 몰래 둘이서 나가거나……, 그런 건 전체적으로 아웃일 것 같네요. 몰래 한다는 시점에서 껄끄러운 짓을 한다는 거니까요."

"그렇구나~."

"애초에……, '어디부터가 바람을 피우는 것'이라든지 '어디까지라면 허락된다'라든지, 그런 생각을 하는 시점에서 불성실한 거 아닌가요? 미팅도 그렇죠. 세상에서 미팅을 용납하는지 여부가 아니라 중요한 건 여자친구가 어떻게 생각할지잖아요."

애인이 생기면, 파트너가 생기면, 바람을 피우는 쪽 문제는 상대방의 기준에 맞춰야 할 것 같다.

상대방에게 상처를 주는 짓을 피해야 하고, 불안해할 만한 짓도 피해야 한다. 약간이라도 바람을 피운 거라고 착각할 만한 행동은 철저하게 피해야 할 것이다.

"여자친구가 싫어할 만한 짓은 안 하는 게 남자친구죠."

"…………."

"연애관은 사람마다 다르니까 애인이 생기면 이성 친구와는 거리를 두라고 강요하는 것도 남녀 사이의 우정을 전면적으로 부정하는 것 같아지니까 좀 그렇지만요……, 저는 그저 개인적으로는 그런 남자친구이고 싶네요."

다른 사람의 연애에 거만하게 참견할 생각은 없다.

내게는 그럴 자격도, 여유도 없다.

어디까지나 나 자신이 남자친구로서 어떻게 하고 싶은지, 그런 이야기다.

"…………."

시라모리 선배는 조용히 내 이야기를 듣고 있었다.

어, 어라……? 왜 아무런 대답도 하지 않는 거지?

혹시──, 말을 잘못했나?

너무 진지하게 대답했나? 혼자서 너무 열심히 떠들었나?

'우와, 이 녀석, 자아도취했네'라고 생각했나……?!

방금 말한 것들을 전부 없었던 일로 하고 싶어졌다. 하지만 잠시 후 시라모리 선배가.

"……좋은 남자친구구나, 쿠로야 군은."

그렇게 입을 열었다.

행복한 듯한 미소를 지으면서.

"쿠로야 군의 여자친구가 될 사람은 행복하겠네. 엄청 한결같이 사랑해주니까."

"……그게 무슨 뜻인가요?"

"음~, 여러 가지 뜻."

방긋 웃으며 그렇게 말했다.

그런 표정을 지으니 나는 고개를 돌릴 수밖에 없었다.

"……딱히 대단한 건 아니에요. 제가 그냥 인기가 없고 외톨이일 뿐이죠. 바람을 피우다니, 만약에 그럴 생각이 있더라도 가능할 것 같지 않으니까요."

진짜로 불가능할 것 같다.

우선 여자친구 말고 다른 여자와 알고 지내야 하는데 그런 사람이 없다. 스마트폰에 들어있는 여자 연락처가 가족 말고는 선배 한 명뿐. 이런 상황에서 어떻게 바람을 피우라는 거지?

여자에게 자랑할 만한 스펙 같은 게 거의 없는 나도 '바람을 피우지 않는다'라는 점에 대해서는 자신만만하게 자랑할 수 있을 것 같다. 바람을 피울 생각도 없고, 다가오는 여자도 없다. 만에 하나, 억에 하나, 죽을 만큼 바람을 피우고 싶어진다 하더라도 물리적으로 가능할 것 같지가 않다.

만약에.

만약에 내가 훈남 인싸로 태어났다면 바람을 피우자는 유혹에 굴할지도 모른다. 내가 직접 나서지 않더라도……, 여자 사람 친구가 잔뜩 있는 리얼충이라면 여자친구가 있는 상황에서도 호의를 보이는 여자도 나타나고, 그 호의를 무시할 수 없어서 어쩌다 보니 그런 관계가 되고……, 결과적으로 여자친구와 바람을 피운 상대, 양쪽 모두에게 상처를 입혀 버렸을지도 모른다.

아~, 훈남으로 태어나지 않아서 다행이다.

여자들에게 인기가 전혀 없는 아싸라 다행이다.

하렘 러브코미디 주인공처럼 인기가 있는 게 아니라 다행이다.

함부로 누군가를 상처입히지 않아서 정말 다행이다.

……말하다 보니 왠지 슬퍼지기 시작한다. 긍정적인 생각인 건지 부정적인 생각인 건지 잘 모르겠는데.

"흐음~. 글쎄?"

내 '바람을 피우고 싶어도 그럴 수가 없다' 이론을 들은 시라모리 선배는 왠지 모르겠지만 회의적인 태도를 드러냈다.

"쿠로야 군은 항상 그런 느낌으로 자기평가를 엄하게 하는데 말이지……, 사실 의외로 인기가 많을 것 같거든. 지금은 여자애들하고 어울리는 것 자체를 거의 하지 않을 뿐이고……, 뭔가 계기라도 생기면 금방 인기가 많아질 것 같아."

"……네? 아니, 아니, 그게 무슨 소리예요."

빈말이라고 해도 무리가 있는데.

내가, 인기가 많다고?

여러 여자가 호의를 보인다고?

그런 일은——, 하늘이 두 쪽 나더라도 있을 수 없다.

시라모리 선배 한 명이 호의를 보이는 시점에서 나머지 수명이 절반으로 줄어들더라도 어쩔 수 없을 정도로 대단한 행운인데.

"말도 안 돼요, 제가 인기를 끌다니."

"말은 그렇게 해놓고 사실 이미 인기가 많을지도 몰라. 내가 모르는 곳에서 미소녀하고 플래그를 세우거나."

"……그럼 자요, 확인해 보시죠."

나는 한숨을 쉬면서 말하고는 내 스마트폰을 꺼냈다. 라인 화면을 띄운 다음 테이블 위에 올려놓았다.

"어……, 돼, 됐어, 개인정보잖아."

깜짝 놀라며 사양하는 선배.

역시 진심으로 의심한 게 아니라 그냥 놀린 것뿐인 모양이다.

"난 남자친구 스마트폰을 멋대로 보는 여자친구만은 되고 싶지 않다고 생각하면서 살아왔거든."

"그건 정말 훌륭한 마음가짐인 것 같은데요, 지금은 제가 괜찮다고 하니까 괜찮아요."

"그래도……."

"의심만 당하면 저도 납득이 안 되니까요."

"……그렇게까지 말하니까."

나도 모르게 오기를 부리며 스마트폰을 내밀자 시라모리 선배는 마지못해 받았다.

화면을 터치해서 내 메시지 어플 이력을 확인하고는.

"……우와."

약간 정색하는 듯한 표정을 지었다.

"뭐라고 해야 하나……, 저, 적네. 등록된 사람이나 대화 횟수가."

"홋."

"아니……, 라인은 거의 나하고만 하잖아……. 나 말고는 토키야 군하고 어머니랑 가끔 하고……."

"뭐, 그렇죠."

"왜 약간 자랑스러워하는 거야……?"

"이제 아시겠죠? 제가 바람 같은 걸 피우고 싶어도 피울 수 없는 전형적인 인기 없는 남자라는 걸."

나도 모르게 자랑하는 듯이 말해 버렸는데……, 냉정하게 생각해보니 별로 자랑할 만한 이야기가 아닐지도 모르겠다.

나는 왜 인기가 없다는 걸 자랑하고 있는 거지?

뭐, 됐어. 냉정하게 생각하면 슬퍼질 테니까 이상하게 신이 난 마음가짐을 유지하자.

"이성 연락처 이전에 동성 연락처조차 거의 없죠. 이런 남자가 어떻게 바람 같은 걸 피울 수 있을까요. 아니, 피울 수 있을 리가 없죠."

"반어법으로 슬픈 자랑은 하지 않아도 되니까……. 아, 알았어, 알았어. 내가 잘못했어. 의심해서 미안해."

선배는 어깨를 으쓱이며 내게 스마트폰을 돌려주려 했다.

그때——, 아마도 반사적인 행동이었는지 라인 화면을 닫고 홈 화면으로 돌아가려고 손가락을 움직였다.

하지만 그녀와 내 스마트폰 기종이 달랐기 때문에 잘못 조작해 버렸다.

"아, 미안, 뭔가 이상한 걸 눌러 버렸네——, 어?"

"…………으아으윽!"

목 안쪽에서 이상한 목소리가 튀어나왔다.

선배가 조작을 잘못해서 띄워버린 어플.

거기에는——, 그녀에게 절대로 보여줘선 안 되는 것이 떠 있었다.

회상 종료.

시간은 현재로 돌아온다.

바람을 피운다며 추궁당해 정좌를 하고 있는 슬픈 수라장의 시간으로 돌아왔다.

……돌아오고 싶지 않았다. 절실하게 돌아오고 싶지 않았다.

"정말 깜짝 놀랐네. 뭐, 조작을 이상하게 한 나도 잘못하긴 했지만 말이야, 상대방의 허락도 없이 이런 걸 봐버리는 건 매너가 아닐지도 모르지만 말이야……, 그래도 봐 버렸으니 쓴소리를 할 수밖에 없거든."

시라모리 선배는 연기를 하는 것처럼 보일 정도로 대놓고 실망하고 있었다.

스마트폰 화면에 떠 있는 걸 내게 보여주려 하고 있다.

"설마 쿠로야 군이——, 이렇게 야한 책을 읽는다니."

"……윽."

화면에 떠 있는 것은——, 내가 산 전자책 표지였다.

애니메이션 느낌인 일러스트에 글래머 미녀가 그려져 있다. 그 미녀는 매우 선정적인 표정과 포즈를 취하고 있고, 가슴 골짜기도 꽤 많이 보이고……, 뭐, 뭐라고 해야 하나, 단번에 그쪽 계열 책이라는 걸 알 수 있는 표지였다.

으아……, 실수했다!

야한 책을 여자친구에게 들켰어!

예전에 만화나 애니메이션에서 자주 나오는 것처럼 여자친구가 방에 와서 발굴하는 장면이 아니라……, 설마 스마트폰에서 발굴해 버릴 줄이야.

사람은 인터넷이나 전자기기의 발전에 따라 스마트폰 하나만으로도 수많은 서적을 자유롭게 읽을 수 있게 되었는데……, 그런 기술 혁신 때문에 여자친구에게 야한 책을 들키게 되는 위험성도 커진 모양이다.

으아아.

으아아아아아아아……! 시, 실수다아아아아아……!

어젯밤에 읽은 다음 그대로 홈 화면으로 돌아와서 그대로 방치했다. 그 때문에 시라모리 선배가 전자책 어플 아이콘을 터치했을 때, 마지막으로 읽은 책이 떠버렸다.

그 작품의 제목은──.

『살짝 야한 유부녀는 좋아하시나요?
~노리코 씨의 동정 떼기 레슨~』

……어째서 내 어금니에는 자결용 독약이 들어있지 않은 걸까.

"에휴~. 이건 이미 명백하지. 완벽하게 바람을 피웠다는 증거야. 여자친구가 있는데도 이렇게 변태 같은 책을 읽어버리다니……, 바람을 피운 것이라고 할 수밖에 없어."

"자, 잠깐만요!"

경멸하는 시선을 받고 마음이 꺾여버릴 것 같은 나도 마지막으로 무언가──, 남자의 존엄성 같은 무언가의 영향으로 목소리를 쥐어짜냈다.

"아니, 저기……, 이, 인정할게요. 야한 책을 가지고 있었다는 건 인정할게요. 전자책 같은 경우에는 '친구 거'라는 식으로 둘러댈 수도 없으니까……, 순순히 남자답게 인정할게요. 그걸 제가 제 의지로 산 책이라는 걸요."

"딱히 남자답지는 않은 것 같은데."

"그래도."

나는 말했다.

"이런 건……, 바람을 피운 게 아니잖아요?!"

세상 모든 남자들의 마음을 대변하는 듯한 마음으로 목소리를 냈다.

야한 책이라든가, 야한 영상매체라든가.

일정 나이 이상인 남자라면 대다수가 몰래 가지고 있을 것이다.

그건 부인이나 여자친구가 없는 남자에게만 해당되는 이야기가 아닐 것이다.

파트너가 있더라도 그런 걸 가지고 있는 남자가 많을 것이다.

왜냐하면——, 우리는 남자니까!

"이런 걸 가지고 있었다는 것만으로도 바람을 피웠다는 건 아무리 그래도 좀 아니라고 해야 하나……. 이런 걸 바람을 피운 거라고 하면 전 세계 남자들이 잠자코 있지 않을 거라고 해야 하나……."

"어~, 그래도 말이지……, 여자친구가 있는데 여자친구가 아닌 여자로……, 저기, 뭐라고 해야 하나, 이상한 기분이 들었다는 거잖아? 그럼 그게……, 바람 피운 거 아니야?"

"그, 그러니까, 저기……, 이런 건 어디까지나 픽션이고, 판타지 같은 세계로 망상하는 것뿐이지 현실에서 어떻게 해 보자는 게 아니니까요……."

"픽션이라고 하면, 쿠로야 군은 어떻게 생각할 건데?"

"네?"

"만약에 내가, 예를 들어서……, 쿠로야 군이 아닌 남자 알몸 사진 같은 걸 가지고 있고……, 그걸 보면서 그 남자 와의 정사를 몰래 망상한다면 어떻게 생각할 건데?"

"……윽. 그, 그건……."

시……, 싫은데.

엄청 싫은데.

엄청 답답해지고 초조해진다.

속이 엄청 쓰리다.

시라모리 선배가 나 말고 다른 남자와의 정사를 망상한다니, 으아아, 싫어어.

현실이 아니라는 걸 알고 있는데도 왠지 빼앗긴 듯한 기분이다.

뇌, 뇌가 파괴된다……!

"거봐, 자기가 당하면 싫은 짓을 하면 안 되겠지?"

"그, 그래도……."

"아까도 말했잖아? 중요한 건 여자친구가 어떻게 생각하느냐 아니야?"

"크윽……."

"쿠로야 군은 여자친구가 싫어하는 짓을 하지 않는 남자친구가 되고 싶은 거 아니었어?"

"……으, 으윽."

버, 번드르르한 말이……, 좀 전에 내가 말했던 번드르르한 말이 전부 내게 돌아왔다.

자아도취해서 떠들었던 이상론이 내 목을 조르고 있다.

젠장……!

어째서 그렇게 멋진 말을 한 건데, 아까 나!

나 자신이 했던 말을 방패로 내세우고 있으니 더 이상 이 말싸움에는 승산이 없어……!

"후……, 크윽……, 으으윽……."

이제 내게 반론의 여지는 없다. 스마트폰 안에 있는 모든 망측한 데이터를 지우고 엎드려 절하며 용서를 빌어야겠다.

그런 식으로 씁쓸하게 결단을 내린 순간──.

"……풉, 아핫."

시라모리 선배가 뽐는 듯이 웃었다.

"아하하. 미안, 미안. 정말, 쿠로야 군도 참, 그렇게 곤란한 표정 짓지 않아도 되거든? 난 이런 게 바람을 피우는 거라고 생각 안 하니까."

"……네?"

고개를 들고 상대방의 얼굴을 빤히 바라보았다.

지금까지 짓고 있던 경멸하는 표정이 항상 보던 놀리는 표정으로 바뀌어 있었다.

"아무리 그래도 야한 책 읽는 것 정도로는 화 안 내지."

"…………."

"잘 모르겠지만 말이야……, 한창나이인 남자애들은 다들 이런 걸 가지고 있는 거잖아?"

"음……, 그야, 뭐, 아마, 네…….."

"여자친구나 좋아하는 사람은 뭐라고 해야 하나, 별개인 거고……, 연애 감정이나 그런 게 아니라 그냥 성욕의 대상으로 즐기는 것뿐이지?"

"……네."

"그럼 이 정도로 하나하나 따지고 그러진 않아. 난 그렇게 그릇이 작은 여자친구가 아니니까."

어이없다는 듯이 쓴웃음을 짓는 시라모리 선배.

좀 전까지와는 달리 남자의 생태에 대해 매우 잘 이해하고 있다며 말해주었다.

너무 잘 이해하고 있어서 무서울 정도다.

이 사람은 대체 뭐지?

모든 남자에게 이상적인 여자친구인가?

"……그럼, 좀 전까지 한 말은요?"

"응~? 그건 뭐, 조금 곯려주고 싶어지잖아?"

진심으로 재미있다는 듯이 웃는다.

"바람을 피우는 것에 대해 그렇게 멋진 말을 해놓고, 그 직후에 무덤을 파서 야한 책을 들켰으니까. 놀릴 수밖에 없지."

"……윽."

몸 전체에서 힘이 빠져나가는 것 같았다.

아무래도 또 항상 그랬듯이 놀림당한 것뿐인 모양이다. 분한 마음도 있긴 하지만, 솔직히 안심한 마음이 더 크다. 다행이다. 시라모리 선배가 실망하지 않아서 다행이다……, 그리고 모든 데이터를 삭제하지 않아도 되어서 정말 다행이다.

완전히 안심한 나는 정좌를 풀고 일어섰다——, 하지만.

내 지옥은 아직 끝난 게 아니었다.

"……흐음~, 그렇구나~."

놀랍게도 시라모리 선배는——, 스마트폰을 조작하며 전자책을 읽기 시작하고 있었다.

내——, '살짝 야한 유부녀는 좋아하시나요?'를.

"우와~, 꽤 과격한 일러스트도 있네~."

"잠깐?! 왜, 왜 읽고 있는 건데요!?"

"왠지 신경 쓰여서."

"안 돼요, 돌려주세요!"

"어~? 조금 보는 것 정도는 괜찮잖아."

나는 급하게 손을 뻗었지만, 시라모리 선배가 슬쩍 피했다.

"아니, 이거……, 표지를 보고 만화인가 싶었는데 소설이었구나. 안에 삽화가 몇 장 들어있어서 라이트노벨 같아."

그 작품은──, 이른바 에로 라이트노벨이었다.

일반적인 라이트노벨과 마찬가지로 소설과 일러스트로 이루어진 매체지만……, 직접적인 성교 장면이나 성적인 일러스트가 있는 게 특징이다.

요즘은 일반 레이블에서 활약하고 있는 라이트노벨 작가도 그런 계열 레이블에서 책을 내곤 한다.

"이런 것도 소설로 즐기다니, 왠지 쿠로야 군답네."

"……내버려 두세요."

"호오……, 우와, 대단해. 이 히로인인 유부녀, J컵이래. 아무리 그래도 너무 큰 거 아니야?"

"……피, 픽션이라면 딱히 상관없지 않을까요?"

"유부녀 히로인이 널어두었던 속옷을 도둑맞고 곤란해하던 참에 범인이 예전부터 알고 지냈던 이웃 남자애였고……, 어~? 주인공이 속옷을 훔쳤잖아. 히로인이 그냥 용서하는데, 이거 범죄 아니야?"

"……그, 그런 부분도 뭐, 픽션이니까요."

아니, 잠깐만.

잠깐만 기다려 봐.

이거, 대체 뭐하는 시간이지?

여자친구에게 야한 책을 들킨 데다 눈앞에서 그걸 차분히 읽고 있다니……, 대체 무슨 수치 플레이냐고?

"……진짜 가슴 크네, 이 유부녀."

시라모리 선배는 고뇌하는 나를 무시하고 에로 라이트노벨을 차분히 읽고 있었다.

"나도 작진 않은 것 같은데, 아무리 그래도 J컵은 당해낼 수가 없네."

자기 가슴을 내려다보면서 혼잣말처럼 말하는 시라모리 선배.

얇은 하복 천을 밀어내면서 강하게 주장하고 있는 봉긋한 부분.

J컵은 아닌 모양이지만……, 그래도 충분하고도 남을 정도로 크다.

그녀의 시선을 따라간 결과, 빨려들어 가는 것처럼 가슴을 바라보게 되었는데──, 역시 그건 함정이었다.

그녀는 일부러 그러는 듯이 가슴을 가리는 시늉을 하면서.

"변태."

그렇게 기다렸다는 듯이 웃으며 말했다.

그 순간——, 내 수치심 미터기가 단숨에 가득 찼다.

"바, 방금 그건 불가항력적인 반사행동이라고요. 사람에게는 상대방의 시선을 따라가는 습성이 있으니까, 무심코 반사적으로 따라가 버렸을 뿐이에요."

"아하하. 그럼 그런 걸로 해둘게."

즐겁게 웃은 다음 다시 에로 라이트노벨을 내려다본다.

"……호오, 무시무시할 정도로 이야기가 빠르게 전개되네. 그런데 이 끝까지만 안 하면 바람피우는 게 아니라는 논리는 여러모로 알 수가 없는 윤리관인 것 같은데——."

"이, 이제 좀 돌려주시라고요."

참지 못하고 소리치며 손을 뻗었지만, 그녀는 스마트폰을 돌려주지 않았다.

"안 돼, 안 돼, 좀 더 볼 거야. 여자친구로서 남자친구의 이런 부분은 확실하게 체크해 두어야 하니까~."

최고의 장난감을 손에 넣은 여자친구는 좀처럼 돌려주려 하지 않았다.

물 만난 고기처럼 활기차다.

완전히 스위치가 켜져 버린 시라모리 선배는 잠시 후——, 터무니없는 짓을 하기 시작했다.

"……'그렇게……, 내 속옷을 가지고 싶었니?'"

"──윽?!"

으, 음독……!

놀랍게도 시라모리 선배는 에로 라이트노벨을 소리내어 읽기 시작했다.

작품의 메인 히로인──, 타카야마 노리코 씨(29세, 기혼, 아이 없음, 남편은 현재 해외 출장 중이라 최근 3년 정도 섹스리스)의 대사를……!

"'아, 안 돼. 무슨 소릴 하는 거니……? 나는 이미 결혼했는데…….'"

"잠깐……, 시, 시라모리 선배…….'"

"'뭐? 내 속옷으로 밤마다 그렇게……, 저, 젊은 애의 성욕은 대단하구나.'"

"자, 잠깐만요……, 진짜로!"

나는 매우 초조해졌지만, 시라모리 선배는 멈추지 않았다.

"후후후. 쿠로야 군, 얼굴이 엄청 빨개졌어~."

필사적인 나를 매우 재미있다는 듯이 바라보며 신나게 대사를 읽어나갔다.

"'진짜……, 남자애는 정말 가슴을 좋아하는구나', 그렇게 어이없다는 말투로 말하면서도 노리코는 가슴이 크게 뛰는 걸 느끼고 있었다. 남편이 상대해 주지 않았던 농익은 육체가 오싹오싹 관능적으로 욱신대고 있었다."

기어코 일반 문장까지 낭독하기 시작했다.

처음에는 부끄러워서 약간 국어책을 읽는 것처럼 읽던 대사도 어느새 꽤 감정을 실어서 말하게 되었다.

가학적인 쾌감에 사로잡힌 듯한 표정으로 시라모리 선배가 계속 낭독했다.

"'그럼……, 잠깐만이야? 오, 옷 너머로 만지기만 해야 해. 그것만이라면 바람을 피우는 게 아니니까……' 소년의 뜨거운 시선을 느끼며 노리코는 옷을——."

"아니, 저기, 그러니까……."

"'꺄아아악! 앗, 자, 잠깐만, 아니, 갑자기……, 아, 안 돼!' 흥분이 한계에 도달한 모양인지 소년은 노리코를 덮치고 거칠게 가슴을 만져대기 시작했다. '아아앙! 지, 진짜……, 안 된다니까……' 말로만 저항할 뿐, 노리코는 반쯤 소년의 손을 받아들이고 있었다. 그리고 그냥 당하기만 하는 게 아니라 자신도——."

"자, 잠깐만요."

"'아앗……, 대, 대단해. 벌써 이렇게 딱딱해졌네. 네——.'"

"시라모리 선배!"

크게 소리치자 그제야 낭독극이 멈췄다.

"왜 그래? 쿠로야 군. 발끈하기는. 그렇게 부끄러워?"

"아니, 뭐, 저도 엄청 부끄럽긴 한데요."

나는 수치심을 견디며 말했다.

"시라모리 선배는……, 부끄럽지 않나요?"

"……어?"

깜짝 놀라는 모습을 보인다.

"관능 소설의 야한 대사를 연달아……, 보통 엄청 부끄러울 것 같은데요……. 굳이 말하자면 말하는 저보다 시라모리 선배가 훨씬 더 부끄러운 행동을 하고 있는 거 아닌가요…….."

자기가 가지고 있던 관능 소설을 다른 사람이 소리 내어 읽는다──, 부끄럽긴 하지. 터무니없는 수치 플레이일 것 같다.

하지만.

냉정하게 생각해 보니……, 소리 내어 읽는 쪽도 대미지가 꽤 클 것이다. 이런 상황에서 치욕을 당하는 건 오히려 시라모리 선배 쪽 아닐까?

나를 공격하는 데 정신이 팔려서 자신의 대미지를 눈치채지 못하고 있다.

양날의 검인데도 눈치채지 못하고 붕붕 휘두르고 있다.

"관능 소설 낭독은 심야 버라이어티에서 벌칙으로 할 만한 건데요. 아무리 저를 놀리고 싶다고 해도 그렇게까지 하실 필요는……."

"…………~~윽?!"

시라모리 선배는 멍한 표정을 짓고 있다가 한순간 불이 붙은 것처럼 얼굴을 붉힌 다음 내게서 세차게 돌아서며 등을 돌렸다.

"따, 딱히 창피하고 그러진 않거든~. 관능 소설도 어엿한 문학이고……, 난 그런 걸 차별할 정도로 속이 좁은 독자도 아니고."

빠르게 말을 늘어놓은 다음.

"앗. 맞다, 오늘 볼일이 있었어! 미안, 먼저 갈게!"

그렇게 말하고 스마트폰을 테이블 위에 올려놓은 다음, 한 번도 내가 있는 쪽을 보지도 않고 방에서 나가버렸다.

"……휴우~."

혼자 남겨진 나는 의자에 앉아 숨을 크게 내쉬었다.

"진짜, 대체 무슨 시간이었던 거지……?"

동요와 흥분이 여전히 가시지 않았고, 머리도 전혀 돌아가지 않았지만──, 그래도 그런 머리의 기억을 관장하는 부분만은 제대로 돌려야 한다는 생각이 들었다.

"……좀 더 읽게 내버려 둘 걸 그랬나."

시라모리 선배의 목소리로 들었던 야한 대사들을 뇌에 제대로 새겨넣으면서 나는 그렇게 중얼거렸다.

Illustrations © Hyuuga Azuri

시라모리 선배가 먼저 가버렸으니 부실에 남아 있을 의미가 전혀 없었기에 나는 곧바로 부실을 나섰다.

건물 입구를 나와서 혼자 자전거 보관소로 향했다.

요즘에는 내가 자전거를 타러 갈 때까지는 계속 둘이서 같이 다녔기에 혼자 있으니 묘하게 쓸쓸한 느낌이 들었다──.

"…………."

나도 모르게 혼자 웃고 있었다.

설마 내가──, 혼자 집에 가는 걸 쓸쓸하다고 생각하다니.

그런 감정은 초등학교 고학년 쯤에 사라졌다고 생각했다.

혼자 있는 게 전혀 고통스럽지 않고, 오히려 '말은 그렇게 해도 사실은 쓸쓸하지?'라고 주위 사람들이 단정 짓는 게 더 고통스러웠을 텐데……, 설마 이런 식으로 평범하게 쓸쓸하다고 생각하게 되다니.

에휴…….

내가 생각해도 너무 연약한 것 같아서 싫다.

시라모리 선배가 나를 얼마나 많이 바꾸어 버린 거지?

"──아~, 너! 너! 잠깐만, 너!"

그때.

혼자서 감상에 젖어있자니 모든 것을 망쳐버리는 것처럼 외치는 소리가 귀에 꽂혔다.

반사적으로 돌아보니──, 그녀는 빠른 걸음으로 내게 다가왔다.

"휴우……, 겨우 찾았네."

나를 보고 숨을 살짝 내쉰 사람은 갸루처럼 생긴 미소녀.

'흑갸루'──, 우쿄 안이었다.

"진짜, 번거롭게 하기는. 아직 동호회에 있나 싶어서 부실에 가봤는데 아무도 없고 말이야."

"…………."

나?

나한테……, 말을 걸고 있는 건가?

아하~. 이건 그거구나. 말을 거는 줄 알고 대답했는데 사실 뒤에 사람이 있고 그 사람에게 말을 건 패턴이겠지──, 그렇게 생각하고 뒤쪽이나 주위를 확인해 보았지만 나 말고 다른 사람은 없었다.

역시 내게 말을 걸고 있는 모양이다.

"……어? 저기, 저 말인가요?"

"뭐? 너 말고 또 누가 있는데?"

"아니, 저기……."

그야 그렇긴 한데, 상황을 전혀 파악할 수가 없다.

시라모리 선배 말고 다른 여자가 말을 걸었다는 것만으로도 내게는 매우 비일상적인 이벤트인데──, 설마 그 상대가 스쿨 카스트 상위에 군림하는 미소녀 사천왕 중 한 명이라니.

"너, 카스미가 하는 동호회 후배지? 그 녀석 말고는 한 명밖에 없다던데."

"일단은요……."

"그럼 네가 맞네."

딱 잘라 말하는 우쿄 선배.

나는 벌써 라이프 게이지에 빨간불이 들어왔다.

으아……, 싫은데.

이렇게 팍팍 들이대는 느낌이 무섭다.

'연상', '여자', '인싸', 내가 껄끄러워하는 것들을 세 종류나 갖추고 있는 상대라 마주보고 있기만 해도 공포에 가까운 스트레스가 느껴진다.

……문득 생각난 건데, 시라모리 선배도 완전히 그 세 요소를 갖추고 있네.

뭐, 그 사람은 별개라고 치고.

"……시라모리 선배에게 뭔가 볼일이 있으신가요? 오늘은 이미 돌아갔는데요."

이 사람이 내게 말을 걸다니, 아무리 생각해도 시라모리 선배와 관련이 있을 것이다.

나는 그렇게 생각했지만.

"아니, 아닌데."

우쿄 선배는 고개를 저은 다음 턱을 살짝 치켜올리면서.

"카스미가 아니라 너한테 볼일이 있다고."

그렇게 말했다.

"어……?"

당황한 내게 계속 말했다.

"여기선 좀 그렇고, 어디 단둘이 있을 만한 곳으로 가자."

인기 절정기라는 게 있다.

일설에 따르면——, 사람에게는 인생에 세 번, 인기가 엄청 많은 시기가 있는 모양이다. 남녀 불문하고 이상할 정도로 연애운이 매우 좋은 기간이 대충 세 번 정도 있다든가 없다든가.

뭐, 그냥 의심스러운 말이다.

아무런 근거도 없는 도시전설 같은 거겠지——라고.

그런 식으로 웃어넘기는 건 간단하지만, 지금은 좀 진지하게 생각해 볼까 한다.

물론 나는 그런 걸 믿지 않는다.

인기 절정기——, 다시 말해 여러 이성이 동시에 호감을 보이는 하렘 전개 같은 건 인생에 세 번은커녕, 한 번도 있을 것 같지 않다.

하지만.

잠깐 생각해 보니 인기 절정기라는 도시전설은 의외로 이치에 맞는 건지도 모르겠다. 근거라고까지 할 순 없지만, 나름대로 이유를 가져다 붙일 수는 있을지 모르겠다.

예를 들어.

인기 절정기와는 별개로 자주 언급되는 연애 이론 중 하나로——, 애인이 생기면 인기가 생긴다는 게 있다.

이미 파트너가 있는 사람은 다른 이성이 보기에도 매력적으로 보이는 경우가 많은 모양이다.

애인이 생김으로써 내면이나 외모가 바뀐 결과인 건지. 아니면 '애인이 있다'라는 실적이 일종의 품질보증 같은 역할을 하는 건지. 아니면 그냥 단순하게 짝이 있는 상대를 빼앗아서 자신의 것으로 만들고 싶어 하는 생물로서의 경쟁 본능인 건지.

남자 한정으로 말하자면——, 애인이 생겨서 여유가 생긴다, 이런 부분도 있는 것 같다.

인기를 끌려고 필사적으로 행동하면서 마구 들이대는 남자는 일단 인기가 없다.

인기를 끌려고 노력하는 게 중요하긴 하지만, 그걸 겉으로 드러내선 안 된다.

여자에게 인기를 끌려면 아무리 인기를 끌고 싶다 하더라도, 인기를 끌려하고 있다는 사실을 숨길 필요가 있다.

이게 은근히 힘들지만……, 한번 여자친구가 생기면 정말 신기하게도 필사적인 느낌이 눈 깜짝할 새에 사라지고 단숨에 여유 같은 게 생긴다. 왜냐하면 이미 인기를 끌려고 노력할 필요가 없어지기 때문이다. 본인의 의식도 바뀌고, 무엇보다 여자 쪽의 의식도 바뀐다.

'이 사람은 여자친구가 있으니까 나를 노리지 않겠지'라고 안심하고 경계를 늦춰버리기도 할 것이다.

그렇게 방심하고 경계가 느슨해졌을 때——, 갑작스러운

공격에 당해서 사랑이 싹트는 경우도 있을지 모르겠다.

사람은 파트너가 생기면 인기가 생긴다.

남자는 여자친구가 생기면 여유가 생기고, 그게 더 매력적으로 보이기도 한다.

이게 이른바──, 세상 사람들이 말하는 인기 절정기라는 것의 정체 중 하나 아닐까.

남자는 여자친구가 생기면 인기가 생긴다.

그러니까.

예를 들어 지금까지는 여자와 인연이 없었고 비인기 가도를 계속 걸어온 아싸라 하더라도──, 여자친구가 생김으로써 갑자기 인기를 끌게 되는 경우가 있을지도 모른다.

단숨에 인기 절정기로 돌입하고 여러 여자에게 호의를 받고 곤란해하는 하렘 전개로 돌입할지도 모른다.

하지만, 뭐.

이야기를 길게 늘어놓았는데, 이 인기 절정기에 대한 고찰은──.

"……너, 그 시모쿠라라는 녀석하고 사이 좋지?"

──나와는 딱히 상관이 없는 이야기였던 모양이다.

장소는──, 역 앞의 노래방.

우쿄 선배에게 반쯤 억지로 끌려온 곳이 이곳이었다.

단둘이, 누구에게도 들키지 않게 이야기를 하기 위해서라고 한다.

이곳 단골 손님인 것 같은 우쿄 선배는 회원 어플을 보여주고 익숙한 모습으로 접수를 마친 다음 방을 지정받았고, 그곳으로 둘이 들어갔다.

좁은 밀실 공간.

우쿄 선배는 방으로 들어가자마자 안절부절못하는 모습이었지만, 잠시 후 결심한 듯이 좀 전에 한 말을 꺼냈다.

"야. 조, 조용히 있지 말고 대답하라고."

"……어? 아, 죄송합니다. 저기, 시모쿠라……, 토키야 말이죠?"

"그래. 그 녀석이야."

"일단……, 친구라면 친구죠. 사이좋게 지내고 있어요."

"흐, 흐음~. 역시 그랬구나. 2학년 녀석들도 시모쿠라가 너하고 항상 같이 다닌다고 했거든. 솔직히 믿기지 않았지만 말이야. 아니 왠지……, 타입이 다르잖아, 너희들."

매우 부드러운 표현을 써주긴 했지만, '왜 그 키 큰 훈남하고 너처럼 시원찮은 아싸가?'라는 보조 음성이 들린 것 같은 느낌이 들었다.

"아~, 뭐……, 중학교 때부터 알고 지낸 사이라서요."

"호오~."

"사이가 좋다고 해도 딱히 쉬는 날에 만나서 놀거나 그

러지는 않고⋯⋯, 거의 학교 안에서만 친구라는 느낌이거
든요."

적당히 대답하면서 머릿속으로 상황을 정리했다.

지금까지의 흐름을 통해——, 대충 짐작했다.

그렇구나.

이 사람은 토키야에게 마음이 있는 건가?

저번에 학교 식당에 왔을 때, 우리가 있는 쪽을 엄청 신경
쓰는 것 같긴 했는데——, 역시 내가 아니라 토키야를 신경
쓰고 있었던 거구나.

처음부터 나 같은 건 안중에 없다.

신경 쓰이는 남자——의 친구라서 접촉해 왔을 뿐이다.

이렇게 밀실에 단둘이 있는 걸 아무렇지도 않게 생각하는
시점에서 우쿄 선배는 나 같은 걸 공기나 마찬가지로 생각
할 것이다.

흥⋯⋯, 그런 건 처음부터 알고 있었다고.

위험하네, 위험해. 내가 좀 더 자의식과잉인 남자였다면
인기 절정기가 왔다고 생각하면서 들뜬 나머지 착각하고 쓸
데없이 상처 입을 뻔했다고.

⋯⋯아니, 진짜거든?

진짜로 전혀 착각하지 않았다고, 나는.

노래방에 오는 도중에 우쿄 선배에게 상처를 주지 않고

고백을 거절할 말 같은 걸 생각하면서 머릿속으로 시뮬레이션을 돌리지 않았거든?

"그래서 너……, 아, 그러니까 그거야."

우쿄 선배는 머리를 긁으면서 껄끄럽다는 듯이 말했다.

"너, 이름 가르쳐 줘."

"…………"

꽤 시간이 지난 뒤에야 이름을 물어본다.

진짜로 내게 흥미가 없었구나~.

"……쿠로야예요."

"흐음, 쿠로야구나. 성은?"

"아뇨, 성이 쿠로야예요. 검은(黑, 쿠로) 화살(矢, 야)이라고 쓰고요. 이름은 소키치인데……."

"뭐어? 뭐야, 헷갈리게."

그렇게 불평을 해봤자 곤란한데. 그런 말은 조상님에게 해줬으면 좋겠다. 메이지 유신으로 사민평등이 이루어졌을 때, 자주적으로 이 성을 쓰기 시작했을 조상님에게.

"뭐, 됐어. 잘 부탁한다, 쿠로야. 나는 우쿄 안이라고 해."

"알아요……."

아마 우리 학교에 모르는 녀석은 없을 것이다.

"아니, 저기……. 저, 우쿄 선배하고는 예전에 한번 이야기한 적이 있는데요."

"뭐? 무슨 소릴 하는 거야. 너하고 이야기한 건 오늘이 처음이잖아?"

"아뇨……, 작년에 이야기했었어요. 문화제 때, 잠깐……. 그때 일단 자기소개도 했었을 텐데요……."

열심히 설명해 보았지만 왠지 매우 허무하고 창피해졌다.

작년, 잠깐 이야기를 한 적이 있는데, 우쿄 선배는 나 같은 걸 전혀 기억하지 못하고 있었던 모양이다.

물론 그 사실에 풀 죽——지는 않는다. 존재를 잊힌 정도로 풀 죽을 만큼 섬세하진 않다. 다른 사람이 존재를 잊는 건 익숙하다.

……익숙하냐고.

뭐야, 그 '익숙하다'는 사실 때문에 풀 죽겠네.

탁, 손뼉을 치는 우쿄 선배.

"그거구나. 작년 문화제 때, 분명 나한테——, 이야기를 들으러 왔었지. 아~, 맞아, 맞아. 뭔가 엄청 두리번거리는 1학년이 있네 싶었거든. 미안, 미안, 완전히 잊고 있었어."

우쿄 선배는 느긋한 태도로 일단은 사과해 주었다.

약간 실례가 되는 말투긴 했지만, 신경 쓰진 않는다.

실제로 작년 문화제 때, 나는——, 엄청 두리번거렸던 것 같다. 그런 식으로 말한다고, 안 좋게 말한다고 해서 받아칠 수도 없다.

"그래서 말인데, 쿠로야. 사실 너한테 물어보고 싶은 게 있거든…….."

우쿄 선배는 화제를 돌리는 듯이 말했다.

하지만 좀 전까지 보여주었던 기세는 어디 갔는지, 시선을 이리저리 움직이고 손가락을 꼬물꼬물 겹치면서 연약한 목소리로 물었다.

"시모쿠라 말이지…….., 여, 여자친구 같은 거 있어?"

"………….."

갑자기 얌전해지고 귀여워졌네.

사랑에 빠진 여자애냐고.

"여자친구…….., 지금은 없네요."

나는 말했다.

예전에 사귀던 사람하고 최근에 헤어진 모양이니 아마 지금은 없을 것이다.

뭐…….., 특정한 여자친구가 없을 뿐, 불특정 다수의 상대와 노는 관계인 것 같긴 하지만, 그런 말까지 할 필요는 없을 것이다.

"그, 그렇구나."

파앗, 표정이 밝아지는 우쿄 선배.

알아보기 쉽네, 진짜.

"하핫. 그렇구나, 그렇구나. 없구나…….., 그렇게 잘 생…….,

아, 아니, 노는 것처럼 생겼으니까 여자친구 정도는 있을 줄 알았는데, 없구나."

기쁜 마음을 감추지 못하는 모양이었다.

"……우쿄 선배는 토키야를 좋아하시나요?"

나는 만에 하나를 대비해 물어보기로 했다.

이미 둘 다 알고 있는 것 같긴 하지만, 일단 확인 단계를 밟고 나서 이야기를 진행시키고 싶다. 그런 의미를 담아서 물어본 거였는데.

"뭐, 뭐어?! 무, 무슨 소릴 하는 거야? 너?!"

우쿄 선배는 얼굴을 새빨갛게 물들이고는 알아보기 쉬울 정도로 당황했다.

"너……, 바보야, 바보~. 그, 그럴 리가 없잖아! 말도 안 된다고! 이상한 소리하면 쳐죽여 버린다!"

흥분한 목소리로 소리친 다음, 허억, 허억, 숨을 고르고 나서──, 둘밖에 없는 밀실인데도 불구하고 주위를 꼼꼼하게 확인한 다음.

"……어, 어떻게 안 건데에."

이번에는 기어드는 목소리로 얼굴을 가리며 덧붙여 말했다.

……뭐야, 귀엽잖아!

갭을 팍팍 드러내고 있잖아. 시라모리 선배하고 만나지

않았다면 아마 지금 이 순간 사랑에 빠졌을 자신이 있다고.

"뭐, 이야기를 들어보니 느낌상 대충요."

"그러냐……, 쳇. 역시 평소에 책을 읽는 녀석은 다르구나. 독해력이 있다고 해야 하나, 다른 사람의 마음을 읽어낼 수 있다고 해야 하나. 문예 동호회라는 이름이 허세는 아니라는 거야?"

아니, 누구든 알아볼 수 있을 텐데.

당신 모습을 보면 독서 같은 건 상관없이 알아본다고.

그 독서가에 대한 엄청난 편견과 과대평가는 대체 뭔데?

"아, 뭐, 맞아. 난 시모쿠라를 좋아……, 아니, 저기……, 아, 아직 좋아한다고 할 정도는 아니지만 말이야. 약간 신경 쓰이는 정도고……."

그러니까, 꽤 많이 좋아하는 모양이다.

후배 남자애가 신경 쓰이기 시작해서 그 남자애의 친구부터 공략해 나가겠다는 비교적 정공법을 실행하고 있는 것 같다.

"이야기는 이해가 되는데요……, 그런데 토키야하고 선배 사이에 접점 같은 게 있었나요?"

학년도 다르고, 토키야에게 우쿄 선배 이야기를 들어본 적도 없다.

어떤 경위로 지금처럼 '약간 신경 쓰이는' 느낌이 되어버린 걸까.

"뭔가 계기라도 있었나요?"

"계기라니……, 바, 바보야. 그런 걸 어떻게 말하냐고……. 애초에 너하고는 상관이 없잖아."

부끄럽다는 걸 둘러대려는 듯이 강한 말투로 말한다.

아차.

나도 모르게 너무 깊게 파고든 모양이다. 그렇긴 하지. 거의 처음 만난 거나 마찬가지인 녀석에게 그렇게까지 사적인 부분을 드러낼 이유도 없을 테고.

"알겠습니다. 이제 안 물어볼게요."

"그래, 그렇게 해."

"네."

"…………."

"…………."

"……그건, 1주일 전에 있었던 일이었어."

이야기하는 거냐고.

사실 누군가가 들어줬으면 해서 어쩔 줄 몰랐던 건가?

아~, 어떻게 하지?

왠지 생각했던 것보다 재미있는데, 이 선배.

"음……, 그러니까——, 다시 사귀자고 다그치는 전 남자친구하고 거리에서 다투고 있었는데 우연히 지나가던 토키야가 도와줬다는 건가요?"

이야기를 다 들은 내가 요점을 정리하자 우쿄 선배가 만족스럽다는 듯이 고개를 끄덕였다.

"헤헷. 역시 평소에 책을 읽어서 그런가 보네. 훌륭한 국어력이야. 몇 자 이내로 요약하라, 이런 문제는 식은 죽 먹기라는 건가?"

칭찬하고 있는 거겠지만, 바보 취급당하는 기분이 들었다.

이 사람, 독서가에 대한 편견이 대단한데.

과대평가도 정도가 있지.

애초에 전체적으로 전형적으로 이해하기 쉬운 흐름이라 내가 아니라 다른 누구라도 간단히 요약할 수 있었을 텐데.

"…………."

그런 전형적인 흐름을 지나치게 요약하지 않고 구체적으로 설명하자면——.

우쿄 선배는 최근에 계속 전 남자친구가 따라다녀서 곤란했던 모양이다.

우연히도 오늘, 시라모리 선배에게 그 이야기를 들었다.

'미팅은 바람을 피우는 게 아니다' 이론을 내세우며 미팅에 나갔다가 그것 때문에 우쿄 선배와 크게 싸웠고——, 그 결과, 파국을 맞이했다.

하지만 전 남자친구는 며칠 뒤에 바로 다시 사귀자고 한 모양이다.

　우쿄 선배는 완전히 마음이 떠났기에 상대해 주지 않았다. 전화는 전부 무시하고 라인도 차단했다.

　그러자 전 남자친구는——, 놀랍게도 우쿄 선배의 SNS를 통해 행동을 예측하고 미리 가서 잠복하고 있었던 모양이다.

　그렇게 억지스럽고 교활한 짓을 했으니 우쿄 선배도 당연히 화가 났다.

　전 남자친구도 되려 성질을 내며 두 사람은 거리에서 크게 말다툼을 벌였다.

　말싸움이 심해졌고, 기어코 전 남자친구가 손을 들어 때리려 한 순간——.

　"어이쿠. 그건 아니지, 형씨."

　지나가던 토키야가 전 남자친구의 팔을 붙잡았다.

　"치정 싸움에 참견할 정도로 눈치가 없는 건 아닌데, 아무리 그래도 눈앞에서 여자가 맞으면 기분이 좋지 않거든."

　나른하게 말하는 토키야를 보고 당연히 전 남자친구도 적의를 드러냈지만.

　"뭐야, 토키야, 싸움 났어?"

　"오? 재미있는 거 할 거면 도와줄게."

토키야 뒤에서 동료 여러 명이 나타났다.

헐렁헐렁한 셔츠와 짤랑거리는 액세서리……, 다른 사람에게 위압감을 줄 만큼 험상궂게 생긴 녀석들과 마주친 순간, 전 남자친구는 분한 표정을 지으며 떠나간 모양이었다.

"……쳇, 촌스럽게. 숫자로 쫓아낸 것처럼 됐잖아."

불만스럽게 중얼거린 다음, 토키야는 우쿄 선배 쪽을 보았다.

"당신, 우리 학교 3학년이죠? 아마……, 우쿄 선배라고 했던가요?"

"그렇긴 한데……, 넌 누구야?"

"2학년 시모쿠라예요."

"으엑……, 쓸데없는 짓 하지 말라고. 도와달라고 부탁하지도 않았는데."

"그렇긴 하죠. 죄송합니다, 멋대로 이런 짓을 해서. 방금 그 녀석, 남자친구인가요?"

"아, 아니야! 남자친구라고 해도……, 전 남자친구야! 전! 이미 끝났는데도 계속…….."

"그런가요."

흥미없다는 듯이 말하는 토키야.

그리고.

"사귈 남자는 좀 잘 고르는 게 좋을 거예요. 모처럼 귀여우니까 어울리는 남자를 골라야죠."

그렇게 아무렇지도 않다는 듯이 덧붙여 말하고는 동료들과 떠나갔다.

이상, 지나치게 요약하지 않은 설명.

아니, 그런데.

뭐라고 해야 하나……, 토키야, 너무 멋진 남자잖아.

그 녀석은 무슨 주인공인가?

아니면 순정 만화에 나오는 히어로 역할인가? 무뚝뚝하고 거칠지만, 속마음은 자상한 타입의 불량 소년인가?

"……시모쿠라가 왠지 위험해 보이는 녀석들하고 다니던데, 그 녀석, 대체 뭘 하는 거지……?"

"아~, 그건 가끔 들르는 합합 서클 사람들일 거예요. 척 보기에 무서워 보이는 사람도 많지만, 평소에는 성실하게 직장에 다니는 사람도 많다고 하니까……, 그렇게 위험한 녀석들하고 어울리는 건 아니에요."

그렇다고 들었다.

뭐, 나하고는 엮인 일도 없고, 엮이고 싶지도 않지만. 직장인 합합 서클 사람들하고 친하게 지낼 자신 같은 거 전혀 없으니까…….

"……너, 역시 시모쿠라에 대해서 잘 아는구나."

"일단은 친구니까요."

우쿄 선배는 선망의 눈초리로 나를 바라본 다음──, 스
윽, 거리를 좁혔다.

두 손을 기도하는 듯이 마주 모으고는 고개를 숙인다.

"부탁이야, 쿠로야! 나하고 시모쿠라를 이어줘."

"……네?"

"응? 괜찮지? 협력해 줘."

"어, 어……."

매우 진지하게 부탁하니 당황할 수밖에 없었다.

진짜로? 이런 흐름이 되어버린다고? 여자친구가 있는지
없는지 정도로 끝날 줄 알았는데, 설마 다른 것까지 요구할
줄이야.

으아……, 시, 싫은데.

엄청 골치 아플 것 같아.

다른 사람의 연애에 개입하고 싶지 않다.

"아니……, 그건 좀……, 저는 그런 걸 못해서……."

"그러지 말고."

"연애 같은 것도 진짜 잘 모르고요……."

"그런 건 보면 알아. 그래도 부탁할게!"

"…………."

'보면 알아'는 너무 심한 말 아니야?

사실이라 하더라도, 해도 되는 말과 하면 안 되는 말이 있

97

지 않나?

지금 나한테 부탁하는 입장이잖아? 매도하는 거 아니지?

"괜찮다니까! 평소에 책 잔뜩 읽지? 그럼 할 수 있어?"

그러니까 그 독서가에 대한 두터운 신뢰는 대체 뭔데?!

책을 읽기만 해도 연애 조언가가 될 수 있다면 고생할 사람이 있겠냐고!

"딱히 말이지, 그렇게까지 어려운 이야기는 아닐 것 같거야. 아니……, 헤헷. 솔직히 말해서 가능성은 있을 것 같거든."

사랑에 빠진 소녀 같은 표정으로 계속 말한다.

"시모쿠라 녀석, 떠날 때 '어울리는 남자를 골라라'라고 했거든. 다시 말해서……, '예를 들어 나 같은'이라고 빙 둘러서 말했을 가능성도 크지……. 의외로 그 녀석도 나한테 마음이 있을지도 몰라."

그건 착각일 것 같은데.

너무 자기한테 형편 좋게만 받아들이네.

현대 문학 시험 문제의 답은 보통 문장 안에 있고, 문장에 적혀 있지 않은 부분을 멋대로 망상해서 답을 쓰면 보통 틀리기 마련인데.

"부탁할게, 쿠로야. 내 평생 소원이라고."

"그렇게 초등학생처럼 부탁하셔도 말이죠……."

"만약에 거절한다면……, 내 비밀을 알게 된 너를 이대로 살려서 보낼 수는 없어."

"그렇게 악당 조직처럼 협박하셔도 말이죠……."

비밀이라니……, 전부 자기가 말해놓고.

나는 전혀 흥미가 없었는데…….

"……에휴."

숨을 크게 들이마신 다음, 크게 내쉬었다.

"보장은 못 해드리거든요?"

"어?"

"좀 전에도 말씀드렸지만…… 저는 이런 거하고 잘 맞지도 않고, 연애도 완전 초보거든요. 제가 돕는다고 해서 잘 풀린다는 보장도 없고, 실패한다고 해도 책임은 전혀 질 수가 없어요."

끈질기게 느껴질 정도로 엄포를 놓은 다음, 계속 말했다.

"그래도 괜찮다면……, 뭐, 조금 정도는 도와드릴게요."

받아들일 수밖에 없을 것 같다.

왠지 거절하는 게 더 골치 아플 것 같고——, 무엇보다 이 사람은 시라모리 선배의 친구니까.

좋은 남자친구라면 여자친구의 친구가 부탁할 때 매정하게 거절하진 않을 것이다, 아마도.

"오오! 땡큐! 쿠로야! 은혜로 여길게!"

활짝 웃으며 내 손을 잡는 우쿄 선배.

으앗, 손이 닿아 버렸다.

이건……, 바람을 피우는 게 아니겠지?

연애 감정이 전혀 없는 접촉이니까 세이프겠지?

"아니, 저기……, 미리 말씀드리는 건데, 저는 진짜로 도움이 안 될 거예요. 지나치게 기대하진 말아 주세요."

"나도 안다니까. 그렇게까지 압박을 줄 생각은 없어. 뭐, 그거야, 그거. 그런 속담이 있잖아? 우선 말부터 어떻게 하라고."

"장수를 쏘려면 말부터 쏘아라 말인가요?"

"맞아, 맞아. 역시 책을 읽는 녀석은 다르구나!"

그러니까 그 독서가에 대한(이하 생략).

"아~, 다행이다, 다행이야. 네가 호의를 눈치챘을 때는 기억을 잃을 때까지 두들겨 팰 수밖에 없다고 생각했는데……, 아군이 되어줘서 정말 든든해."

그렇게 쉽사리 무시무시한 말을 하지 말아줬으면 좋겠다.

나……, 은근슬쩍 목숨이 위태로웠던 건가?

선택지를 잘못 선택했더라면 여기서 배드 엔딩을 맞이했을까?

"그럼 쿠로야, 일단 연락처를 교환하자고."

인싸 특유의 가벼운 분위기로 부탁하는 우쿄 선배.

거절할 흐름도 아니었기에 스마트폰을 꺼내서 연락처를 교환했다. 불과 몇 시간 전에 '시라모리 선배 말고 다른 여자 연락처가 없으니 바람을 피우고 싶어도 그럴 수가 없어요'라고 하면서 으스댔는데……, 설마 그날 바로 다른 여자 연락처를 얻게 될 줄이야. 으음~.

　"좋았어~. 아직 시간도 있고, 모처럼 왔으니까 노래 좀 하다 갈까? 쿠로야도 사양하지 말고 팍팍 불러."

　무시무시한 제안을 하면서 우쿄 선배가 리모컨을 조작하기 시작했다.

　그리고 문득 생각났다는 듯이.

　"앗. 맞다, 쿠로야."

　그렇게 말한 다음 이야기를 이어나갔다.

　"너……, 오늘 있었던 일은 누구에게도 말하지 마라? 시모쿠라에 대한 거……, 아직 진짜, 누구에게도 말하지 않았으니까……"

　"저도 알아요."

　"약속한 거다? 카스미 녀석한테도 절대로 비밀이다?"

　다짐을 받는 듯이 그렇게 말하자 나는 '네'라고 말하며 고개를 끄덕였다.

　『흐음~. 그런 일이 있었구나.』

전화기 너머로 시라모리 선배가 흥미롭다는 듯이 맞장구를 쳤다.

집에 와서 저녁 식사를 한 다음——.

나는 내 방에서 시라모리 선배에게 전화를 걸어 오늘 방과 후에 발생한 비일상 이벤트에 대해 보고하고 있었다.

『설마 안이 시모쿠라 군을 좋아하게 될 줄이야. 전혀 눈치채지 못했네. 아~, ……그런데, 그렇구나. 저번에 리노하고 셋이서 학교 식당에 갔을 때 왠지 쿠로야 군 쪽을 보고 있는 것 같긴 했는데……, 시모쿠라 군을 봤던 거구나.』

"토키야 녀석이 별생각 없이 훈남처럼 행동하고 다닌 모양이라서요. 플래그가 선 것도 어쩔 수 없겠죠."

『그래서 쿠로야 군은 두 사람의 사랑을 위해 큐피드 역할을 맡게 되어버린 거고. 힘든 입장이겠어~.』

"……뭐, 적당히 노력해 볼게요."

『아하하, 열심히 해. ……그런데 말이지, 쿠로야 군.』

시라모리 선배가 약간 목소리 톤을 낮춰서 말했다.

『이거——, 나한테 말해도 되는 거야?』

"…………."

『안이 누구에게도 말하지 말라고 했지? 나한테도, 절대로 말하지 말라고.』

"…………."

되는지 안 되는지 따지면──, 뭐, 분명히 안 될 것이다.

나는 쉽사리 우쿄 선배와 한 약속을 어기고 시라모리 선배에게 오늘 있었던 일을 전부 설명했다.

어쩔 수 없는 사정 때문에 우연히 기밀을 유출시켜 버린 것도 아니다.

나는 내 의지로──, 우쿄 선배의 신뢰를 배신한 것이다.

"……앞으로 시라모리 선배가 아무것도 모르는 척해 주시면 실질적으로 말하지 않은 거나 마찬가지니까 괜찮아요. 우쿄 선배 본인에게 들키지만 않으면 괜찮겠죠……."

『그거 입 싼 사람이 하는 전형적인 변명 아니야?』

그렇긴 하지.

아무런 반론도 할 수가 없다.

내가 생각해도 심한 짓을 한 것 같다.

하지만, 그래도──.

"……싫거든요. 시라모리 선배 몰래 다른 여자하고 만나는 게."

나는 말했다.

"오늘 있었던 일에 대해 말하지 않는 것도 답답하고……, 앞으로 우쿄 선배의 연애를 응원하게 되면 단둘이 뭔가 할 경우도 늘어날 것 같으니까요. 그런 걸 전부 비밀로 하는 것도 좀……, 왠지 남자친구로서 글러 먹은 것 같아서요."

그렇단 말이지.

우쿄 선배하고 헤어진 다음에, 이것저것 생각했단 말이지.

정확히는 안 좋은 미래만 상상했다.

이거 자주 있는 수라장 패턴이라고.

여자에게 비밀로 연애 상담을 받는다 → 그 여자와 둘이서 몰래 행동한다 → 여자친구가 불신감을 품는다 → 하지만 비밀이라고 했으니 아무 말도 하지 못한다 → 그녀의 불신감이 더욱 커진다──. 끝내 수라장 발발.

부정적인 망상을 할 때만 엄청난 가속력을 발휘하는 내 뇌가 이런 최악의 패턴을 단숨에 떠올렸다.

결국은 우선 순위 문제일 것이다.

우쿄 선배에게는 미안하긴 하지만, 내가 우선시해야 할 것은──, 무엇보다 가장 먼저 생각해야 할 것은 시라모리 선배였다.

나는 하렘 러브코미디 주인공처럼 여러 여자를 평등하게 소중히 여길 수 있을 만한 그릇을 지니지 못했다.

소중한 사람 단 한 명 상대로도 전혀 생각대로 풀리지 않아서 패배감만 맛보는 나날을 보내고 있다.

그러니 적어도 이 자그마한 그릇만큼은 전부 그녀에게 바치고 싶다.

다른 무언가를 놓친다 하더라도 그녀만큼은 결코 흘리지

않게끔──.

『……정말, 너무 성실해.』

잠시 침묵이 이어진 다음, 시라모리 선배가 말했다.

어이없어하는 것 같기도 하고, 그래도 약간 기뻐하는 것 같기도 하고, 그런 목소리였다.

『쿠로야 군하고 안이 같이 있으면 내가 바람피운다고 의심할 줄 알았어? 내가 그렇게 그릇이 작은 여자인 줄 알았어?』

"그, 그런 게 아니라……. 시라모리 선배가 어떻다는 게 아니라, 제가 그렇게 하고 싶은 거고……."

『후후후. 뭐, 타이밍이 좀 안 좋긴 했지. 마침 오늘 바람을 피우는 것에 대해서 이것저것 이야기를 나눈 직후에 그랬으니까~.』

그것도……, 뭐, 있긴 하다.

바람을 피우는 것에 대해 이것저것 이야기를 나눈 직후에──, 다른 여자하고 둘이서 노래방에 갔고, 사랑의 큐피드 역할을 부탁받은 전개니까.

지나치게 의식한다는 느낌도 부정할 수가 없다.

『사실은 내가 안의 친구로서 약속을 어긴 쿠로야 군에게 화를 내야만 하는 상황인지도 모르겠지만……, 후후. 화를 낼 수가 없네. 이렇게 귀여운 짓을 해준 후배한테는.』

시라모리 선배가 말했다.

심술궂게, 그러면서도 기쁜 듯한 목소리로.

『누구랑 있어도 나를 생각해 버리는구나.』

"……윽."

『정말, 나를 너무 좋아하는 거 아냐?』

"끄윽……!"

아, 진짜, 대체 뭐냐고, 진짜로……!

진심으로 싫어진다. 뭐가 싫은 거냐고……? 굴욕적인 말을 듣고 있는데도 왠지 기쁘게 느끼는 나 자신이 정말 한심해……!

"그, 그러면 안 되나요?"

『아니~, 전혀.』

들뜬 듯한 목소리로 말한 다음.

『오케이~, 알겠어. 뭐, 일단 나도 안이 먼저 뭔가 말하기 전까지는 모르는 척할게.』

그렇게 정리하는 듯이 말했다.

『쿠로야 군도 안을 잘 부탁해.』

"뭐, 적당히 해볼게요."

『적당히 하면 안 돼.』

"적절하게라는 뜻이에요."

『음~. 그러면 괜찮으려나?』

쿡쿡 웃는 시라모리 선배.

겨우 이야기가 일단락되었다는 생각이 들어서 숨을 돌렸는데──, 거기서 뜻밖의 방향으로 이야기가 넘어갔다.

『그런데……, 노래방에 갔다고~.』

시라모리 선배가 떠올리는 듯이 말했다.

『안의 연애 이야기에 완전히 정신이 팔려 있었는데……, 쿠로야 군, 은근슬쩍 안하고 노래방을 즐기고 왔단 말이지~.』

"딱히 즐기진 않았어요. 억지로 끌려갔을 뿐이고……. 결국 노래는 우쿄 선배만 했으니까요."

『그래도 여자랑 단둘이 노래방을 간 건 처음 아니었어?』

"……그건, 뭐."

당연히 첫 경험이다.

애초에 노래방 자체에 간 적이 손꼽을 정도밖에 안 된다.

『아~. 처음을 안에게 뺏겨 버렸네~.』

"……이번 일은 바람을 피운 게 아니라고 인정해 준 거 아니었나요?"

『물론 바람을 피웠다고 할 정도는 아니지만 말이지, 그래도 좀……, 이성이 아닌 본능 부분이 답답해지긴 하거든.』

"그럴 수가……, 어, 어떻게 해야 할까요."

『음~. 그래~.』

곤란해하고 있던 내게 시라모리 선배가 말했다.

뭔가 꿍꿍이가 있는 것처럼, 장난기 어린 목소리로.

『일단 데이트라도 해볼래?』

만나기로 한 장소는 역 앞 광장.

만나기로 한 시간은 오전 10시 30분.

절대로 늦지 않게끔 일찌감치 집을 나섰더니 약속 시간 30분 전——, 오전 10시에 광장에 도착해 버렸다.

거기서 기다린 지 10분.

다시 말해 약속 시간 20분 전이 되자 벌써 기다리던 사람이 나타났다.

사람들 너머로 보인 것은 사람들 속에서도 눈길을 끌 정도로 아름다운 미소녀였다.

오프숄더 셔츠와 진한 색 치마. 시원스러우면서도 털털하지 않아서 왠지 어른스러운 패션이었다.

그녀는 나를 보고는 손을 살짝 흔들며 빠른 걸음으로 다가왔다.

"일찍 왔네, 쿠로야 군. 아직 20분 전이거든? 언제부터 기다렸어?"

"그렇게 오래 기다리진 않았어요. 10분 정도요."

"일찍 왔잖아. 정말, 그렇게 나하고 데이트를 하는 걸 기대했던 거야?"

"……아니거든요. 약속을 잡으면 반드시 먼저 와서 기다리는 주의일 뿐이에요. 상대방이 먼저 오면 왠지 진 것 같거든요."

"아하하. 쿠로야 군답네."

시라모리 선배가 웃었다.

만나기로 약속한 것 가지고 하나하나 기싸움을 하는 것처럼 생각하는 약한 멘탈을 보고 '쿠로야 군답다'라면서 웃는 건 매우 복잡한 심정이지만, 뭐, 웃어 줬으니 넘어가자.

"······흐음~."

시라모리 선배는 나를 빤히 바라보았다.

머리끝부터 발끝까지, 천천히.

"왜, 왜 그러세요?"

"사복을 본 게 오랜만인데······, 왠지 괜찮은 느낌이네."

"······그럼 다행이고요."

"쿠로야 군은 의외로 멋을 잘 부린단 말이지. 옷 같은 거에 별로 흥미가 없을 것 같은데."

"······멋을 잘 부리지도 않고, 흥미도 없어요. 그냥 요즘은 저렴한 패스트 패션이 트렌드니까요. 저렴하고 무난한 걸 사면 나름대로 그럴싸하게 보이죠. 아싸에게는 매우 편한 시대가 된 거예요."

요즘처럼 패스트 패션이 대세가 된 건 나처럼 '멋을 부리는 것에는 전혀 흥미가 없지만 거리에서 붕 떠 보이고 싶진 않다. 공기가 되고 싶다. 거리의 배경에 녹아들고 싶다'라고 생각하는 아싸에게는 매우 고마운 일인 것 같다.

예전에는 '온몸 유니클로', '온몸 무신사' 같은 패션이 조롱거리였던 모양이지만……, 요즘은 드문 편도 아니다.

뭐.

아무리 흥미가 없다고는 해도 최소한의 공부 정도는 했지만.

왜냐하면.

오늘은——, 시라모리 선배하고 같이 거리를 돌아다닐 거니까.

촌스러운 남자하고 돌아다닌다, 사람들이 그렇게 생각하게 만들고 싶진 않다.

내 존재 때문에 그녀의 격을 낮춰버리는 건 죽어도 사양이다.

"……응."

갑자기 시라모리 선배가 거리를 한 발짝 좁혔다.

두 팔을 살짝 펼치고 가슴을 약간 폈다.

마치——, 오늘 옷을 어필하는 것처럼.

"……왜요?"

"왜일 것 같아?"

도발하는 듯이 묻는다.

무슨 말을 하려는 건지는……, 알고 있다.

얼굴에 써 있으니까.

'이번에는 네 차례야'라고.

"⋯⋯옷이 괜찮네요."

"옷만?"

"⋯⋯⋯⋯센스도 괜찮은 것 같아요."

"그래서?"

"⋯⋯⋯⋯⋯⋯정말 잘 어울리고, 귀여운 것 같아요!"

"후후. 고마워."

자포자기하는 심정으로 소리치자 시라모리 선배는 만족스럽다는 듯이 미소를 지었다.

"칭찬받으니 기쁘네. 쿠로야 군을 위해서 열심히 코디네이트한 보람이 있어."

"⋯⋯얼른 가죠. 계속 여기서 이야기하기도 좀 그러니까."

쑥스러워서 이야기를 돌렸다.

오늘 데이트는──, 둘이서 노래방에 갈 예정이었다.

여자친구보다 먼저 다른 여자와 갔다는 게 선배 마음에 걸리는 부분이었는지, 그런 흐름으로 오늘 데이트가 결정되었다.

"그래, 갈까?"

시라모리 선배가 혼자서 걸어가기 시작했다.

그녀가 향한 곳은 역앞의 노래방──이 아니라.

Illustrations © Hyuuga Azuri

완전히 역을 향해 걸어가고 있었다.

"자, 잠깐만요, 선배……, 어디 가시는 거예요? 노래방은 이쪽 아닌가요?"

나는 역 앞의 노래방──, 저번에 우쿄 선배와 갔던 가게 쪽을 손가락으로 가리켰다.

"아, 내가 말 안했나? 오늘은 저기가 아니라 다른 곳에 갈 예정이야."

"또 왜요……?"

"저긴 우리 학교 학생들이 자주 이용하거든~. 오늘 같은 휴일에는 아는 사람하고 마주칠 것 같으니까."

"……그걸 신경 쓸 거면 이렇게 눈에 띄는 곳에서 만나기로 한 시점에서 신경 썼어야 할 것 같은데요……?"

"뭐, 그건 그렇긴 한데 말이지. 이왕 만날 거면 좀 멀리 나가고 싶어서."

왜냐하면, 시라모리 선배가 그렇게 말하며 이야기를 이어나갔다.

"오늘은 모처럼 첫 데이트니까."

매력적인 미소를 지으며 그런 말을 해버리니 나는 말문을 잃고 그냥 고개를 끄덕일 수밖에 없었다.

아무래도 우리 첫 데이트는 노래방에 갔다가 끝나는 식으로 간단히 끝날 것 같진 않다.

기대로 가슴이 부풀어 오르는 반면……, 이 근처에서 데이트를 할 거라고 예상하고 짜온 데이트 플랜이 전부 물거품이 되어버렸다는 사실은 꽤 충격적이었다.

"그러고 보니까 말이야."

역 개찰구를 지나자 시라모리 선배가 말했다.

"쿠로야 군은 오늘 집에 뭐라고 하고 나왔어?"

"친구하고 놀다 온다고 했어요."

"아~, 역시 데이트를 한다는 건 숨기는 느낌이야?"

"……사실대로 말하면 분명 이것저것 골치 아파질 것 같아서요."

"흐음. 의심을 사진 않았고?"

"어머니는 아마 괜찮을 거예요. 오히려 기뻐하시던데요. '네가 친구하고 놀러가다니, 신기하네'라고 하시면서요."

"아하하, 그랬구나. 토키야 군하고는 쉬는 날에 안 놀아?"

"그 녀석하고는 학교에서만 친구니까요."

"거리감이 독특하지, 너희들."

"그런데……, 누나는 약간 의심했어요. '소키치가, 친구하고 놀러 가……?' 같은 반응을 보여서…….'"

"……친구하고 놀러 간다고 했을 뿐인데 의심당하는 거구나, 쿠로야 군."

"그러는 시라모리 선배는 뭐라고 하고 나오셨는데요?"

"나도 그냥 친구하고 놀러 간다고 하고 왔어."

"반응은요?"

"전혀 의심을 사지 않은 것 같은데. 평소와 똑같은 반응이었어. 뭐, 애초에 우리 아버지는 내 사생활에 별로 간섭하지 않으니까."

"……그러신가요."

잡담을 하면서 목적지인 승강장으로 걸어갔다.

시라모리 선배의 제안에 따라 전철을 타고 센다이로 갈 예정이다.

"쿠로야 군, 센다이 같은 곳에 가끔 가?"

"센다이는 중학교 때 수학여행으로 가본 정도네요. 선배는요?"

"나는 가끔 가는데. 친구랑 가거나, 아버지랑 가거나."

승강장에 도착하자 전철이 금방 왔다.

문이 열렸고, 둘이서 탔다.

시간대를 잘 잡은 건지 전철 안은 그렇게까지 혼잡하지 않았다.

"아, 다행이네. 사람이 별로 없어. 이 정도면 앉을 수도 있겠는데."

"……그러게요."

"어라? 왜 약간 풀 죽은 거야?"

"……아뇨, 딱히."

얼버무렸다.

말할 수가 없다.

사실은 좀──, 혼잡했으면 했다는 말을.

뭐라고 해야 하나……, 이런 건 단골 같은 흐름이 있잖아?

만약에 러브코미디라면──, 주인공하고 히로인이 탄 전철이 혼잡하고, 그래서 두 사람이 어쩔 수 없이 밀착하게 되는 것, 그게 전형적인 흐름일 텐데.

『사, 사람이 많네.』

『그러게요. 시라모리 선배, 위험하니까 이쪽으로 더 오세요.』

『어……, 아, 응……, 고마워.』

『……으.』

『앗. 괘, 괜찮아?』

『괜찮아요? 뒤에서 좀 밀린 것 뿐이니까요.』

『……저기, 쿠로야 군. 좀 더 이쪽으로 와도 돼.』

『네? 그, 그래도, 더 이상은…….』

『괜찮아, 쿠로야 군이라면──, 아무렇지도 않으니까.』

『시라모리 선배…….』

──이런 식으로 말이야!

그런 전개가 생겼을지도 모르는데 말이야!

젠장. 왜 텅텅 빈 건데, 전철 이 자식.

뭐, 러브코미디 만화의 무대는 보통 수도권이니까.

우리가 사는 지방 도시와는 전혀 다르다. 꽉꽉 들어차서 몸이 밀리는 만원 전철은 이 지역에선 출퇴근 시간 때도 경험할 수가 없다.

"저기 앉을까?"

비어있던 자리에 둘이서 나란히 앉았다.

잠시 후 전철이 천천히 움직이기 시작했다. 건너편 창문에 펼쳐진 경치는 전철의 속도에 맞춰서 점점 빨라지기 시작했다.

"그쪽에 도착한 뒤에 일정 같은 거 생각해두셨나요?"

"음~, 별로. 적당히 둘러볼까 생각 중이야."

"적당히라니."

큰일이네.

첫 데이트인데 완전히 모르는 곳으로 끌려가는 흐름이 되어버렸다. 아무리 발버둥 쳐도 리드할 수 없을 것 같다.

한심한 이야기지만, 주도권을 상대방에게 넘기고 몸을 맡길 수밖에 없을 것 같다.

"……있지, 쿠로야 군."

부끄럽고 창피한 심정인 내게 시라모리 선배가 말했다.

꽤 작은 목소리였지만——, 귓가에 속삭인 탓에 매우 또렷하게 들렸다.

"아까 실망했던 거 말이야……, 혹시 전철이 혼잡하지 않아서 그랬어?"

"네?"

"전철이 혼잡하면——, 나하고 밀착할 수 있을지도 모른다, 그런 걸 기대했어?"

"——윽."

어떻게? 어떻게 아는 거지?

아무리 그래도 너무 예리하잖아!

"아~, 역시 그랬구나."

내가 완전히 동요한 모습을 드러내서 그런지 시라모리 선배가 납득하는 미소를 지었다.

"그렇구나, 그렇구나, 쿠로야 군은 나하고 그렇게 달라붙고 싶었구나~."

"……아, 아니에요. 멋대로 단정 짓지 말아주세요."

"후후후."

필사적으로 변명했지만, 시라모리 선배는 듣지도 않았다. 어리석은 생각을 들켜버린 나는 굴욕에 이를 악물 수밖에 없었다.

"바보네, 쿠로야 군은."

"……시끄러워요. 남자는 그런 생물이라고요. 틈만 나면 여자애하고 밀착하는 걸 기대하고 망상하고 마는 생물이라고요."

"아니, 그게 아니라, 너무 번거롭다는 뜻이야."

번거롭다고?

무슨 뜻인지 되묻──기도 전에.

스윽.

엉덩이를 살짝 옆으로 움직이면서 시라모리 선배가 거리를 좁혔다.

어깨와 어깨가 당장에라도 닿을 듯한 거리.

급접근으로 인해 가슴이 크게 뛰었고──, 하지만 그것은 계속 이어질 연타를 위한 전조에 불과했다.

무릎 위에 올려두고 있던 내 손을 자연스러운 움직임으로 낚아챘다.

잡힌 손은 나와 그녀 사이──, 두 사람의 허벅지 사이에 파고들어 숨기듯이 보이지 않게 되어버렸다.

그런 동작이 이어지는 와중에 어느새 손이 확실하게 잡혀 있었다.

언젠가 그랬던 것처럼, 두 사람의 손가락을 뒤얽는 것처럼 잡고──.

"어, 무슨……"

"후후."

자연스러운 연속공격에 당해 멍하게 굳어 있을 수밖에 없는 나를 시라모리 선배가 즐겁게 바라보고 있었다.

"달라붙고 싶은 거면 언제든 달라붙어도 돼."

그녀는 얼굴이 약간 붉어진 채 말했다.

달래는 듯이, 그러면서도 도발하는 듯이.

"우리는 이미 사귀는 사이니까, 달라붙을 때 구실 같은 건 필요가 없잖아?"

"~~윽."

귓가에 속삭인 그 말 때문에 뇌가 끓어오를 것 같았다.

"……누, 누가 보고 있을지 모르는데요?"

"그렇구나~. 그럼 좀 더 제대로 숨겨야지."

녹아내릴 듯한 목소리로 속삭이는 듯이 그렇게 말한 다음, 시라모리 선배가 몸을 더 기댔다. 잡은 손은 두 사람의 허벅지 사이로 더욱 깊게 파고들었다.

치마 너머라고는 해도 손등에서 느껴지는 허벅지의 감촉은……, 내게서 사고력을 빼앗기에 충분했다.

아무것도 생각할 수 없게 된다.

옆에 있는 그녀 말고는 아무것도──.

"아직 더 숨겨야 할까?"

"……아뇨. 이제 충분해요."

더 이상 다가오면 나 자신을 억누를 수 없게 될 것 같다.

데이트는 이제 막 시작했을 뿐. 목적지에조차 도착하지 않은 상태인데 내 정신은 빈사 상태가 되어버렸다.

센다이에 도착한 뒤에는 역 앞에 있는 노래방에——, 가지 않았다.

"모처럼 왔으니까 이곳저곳 둘러보자."

그런 분위기인 모양이다.

제일 먼저 간 곳은 역 건물 안에 있는 옷가게였다.

전체적으로 여성 패션 브랜드로 통일된 층.

선배는 익숙한 느낌으로 나아갔지만……, 나는 익숙하지 않아서 엄청 낯설었다.

"앗. 이거, 귀엽네~."

시라모리 선배는 가게 앞에 진열되어 있던 모자를 들고 써보았다.

"어때, 쿠로야 군"

"……괜찮은 것 같은데요?"

"음~, 대답이 애매하네."

불만이라는 듯이 말하면서 모자를 원래 위치에 돌려놓는 시라모리 선배.

아니, 뭐, 귀엽긴 한데 말이지.

엄청 어울리긴 했는데 말이지!

하지만 여기서 더 칭찬할 수 있었다면 애초에 나는 쿠로야 소키치가 아니었을 것이다.

"······저기, 저, 가게 밖에서 기다리면 안 될까요?"

"어~, 왜?"

"아니 왠지······, 엄청 껄끄러워서요."

유행하는 옷에 패셔너블한 소품. 가게 안에는 잘 알아들을 수 없는 영어 노래가 흘러나왔고, 그리고 왠지 좋은 냄새가 난다······, 공간 전체가 멋쟁이 오라를 뿜어내고 있는 것 같았다.

내 온 몸을 구성하고 있는 아싸 세포가 거센 거절 반응을 일으키고 있다.

"······점원이나 손님이 '너, 왜 이런 곳에 있는 거야'라는 눈으로 저를 보고 있는 것 같아요······."

"너무 신경 쓰는 거야."

쿡쿡 웃는 시라모리 선배.

"금방 끝날 테니까 잠깐만 같이 있어 줘. 응?"

"네에······."

"나중에 쿠로야 군 옷도 사러 가자. 여기는 남성복도 꽤 있거든."

"저는 됐어요. 옷에 돈을 쓸 생각은 없어서요."

"흐음~. 좀 더 흥미를 가지면 좋을 텐데."

"가져봤자 소용이 없거든요. 그야 선배 같은 사람은 멋을 부리는 것도 즐겁겠지만요."

"나 같은 사람?"

"그러니까, 선배처럼 몸매도 좋고 귀여운 사람이라면 멋을 부려도 즐겁겠지만, 저 같은 사람은——."

응?

어라? 잠깐만. 내가 방금 뭐라고 했지?

"……아하하."

시라모리 선배는 한순간 멍한 표정을 짓다가 잠시 후 껄끄럽다는 듯이 웃었다.

"그렇게 칭찬하니 부끄러운데."

"아, 아니……, 방금 한 말은 그냥 어쩌다가……, 아무런 생각도 없이 말하다 보니 무심코 본심이——, 아니, 그게 아니라."

계속 무덤을 파는 나와 부끄럽다는 듯이 쓴웃음을 짓는 시라모리 선배.

"솔직히 말하자면 말이지……, 옷을 사러 온 건 쿠로야 군에게 칭찬받고 싶어서 그런 거거든."

"치, 칭찬요……?"

"응. 이것저것 멋진 옷을 입어서 보여주면 츤데레 같은 쿠로야 군도 솔직하게 '예쁘다' '귀엽다' 말해줄까 해서."

그런데, 선배는 그렇게 말하고 이야기를 이어갔다.

"설마……, 아무것도 안 했는데 칭찬할 줄은 몰랐어. 기쁘기도 하고, 맥이 빠지는 것 같기도 하고……, 기습을 당해버린 것 같기도 하고."

"……윽."

내 자폭으로 인해 시라모리 선배의 전략이 불발로 그친 모양이다.

사냥감을 붙잡으려고 열심히 함정을 설치하고 있자니 함정 앞에 사냥감이 멋대로 굴러들어와서 치명상을 입어버린 거나 마찬가지인가?

부끄럽기도 하고 미안하기도 하고, 매우 복잡한 기분이었다.

옷 다음은 아이스크림이었다.

역 건물 지하에 있는 아이스크림 전문점.

나는 잘 모르지만──, 점원이 노래하면서 아이스크림을 만들어 주는 걸로 유명해서 젊은이들에게 인기가 많은 곳인 모양이다.

"왜 여기 아이스크림은 노래를 하면서 만드는 걸까요?"

"글쎄, 왜 그런 걸까? 맛있어지는 거 아닐까?"

"메이드 카페의 오므라이스가 맛있어지는 주문 정도는 해야 효과는 있을 것 같네요……."

"그래도 재미있을 것 같아. 대학교에 가면 아르바이트를 해볼까."

"……저는 시급 1만엔을 준다 해도 하고 싶지 않네요."

인싸와 아싸 사이의 결코 뒤섞일 수 없는 무언가를 느끼며 둘 다 주문을 마쳤다.

점원 분은 신나는 노래를 흥얼거리며 경쾌한 손놀림으로 우리 아이스크림을 완성시켜 나갔다.

선배가 딸기, 나는 초콜릿.

각각 아이스크림을 받고 빈 자리로 향했다.

"역시 쿠로야 군, 잘 아네."

"네? 뭐가요?"

"나하고 다른 걸로 주문해 준 거잖아?"

시라모리 선배는 자기 아이스크림을 스푼으로 떠서 한 입 먹었다.

그리고 다시 한번 뜬 다음, 이번에는 그걸 내 쪽으로 내밀었다.

"이런 건——, 둘이서 나눠야지."

"……윽."

그제야 무슨 뜻인지 이해했다.

나눈다. 아이스크림을 둘이서 나눈다는 것.

그것이 무슨 의미냐면——.

"정말, 쿠로야 군도 책사구나. 나한테 아앙 해달라고 하고 싶어서 일부러 다른 걸 주문하다니."

"……아니에요. 저는 그냥 제가 먹고 싶은 걸 골랐을 뿐이라고요."

"자자, 그런 걸로 해둘 수도 있지만. 일단——, 나눠 먹자. 나도 초콜릿을 먹고 싶으니까."

"……그럼 스푼을 하나 더 받아올게요."

"안 돼, 안 돼. 그러면 아깝잖아? 플라스틱 쓰레기는 최대한 줄여서 환경 보전에 힘써야지."

환경 보전 같은 건 절대로 생각하지 않는, 심술궂은 표정을 지으며 말하는 시라모리 선배.

"뭐야, 뭐야, 쿠로야 군? 설마 고등학생이나 되어서 간접 키스 같은 걸 의식하는 거야?"

"그, 그럴 리가 없잖아요. 저는 그냥……, 다른 사람들 앞에서 이런 걸 하는 게 싫을 뿐이에요."

뭐……, 간접 키스도 솔직히 꽤 의식하고 있긴 하지만.

아무리 애를 써도 시선이 입술 쪽으로 향해 버린다.

시라모리 선배……, 일부러 보여주듯이 한 입 먹기는.

"자아, 아앙~."

사고가 제대로 돌아가기도 전에 스푼이 달려들었다.

"자자, 얼른 먹어, 쿠로야 군."

"······그래도."

"앗, 떨어진다, 떨어져."

"──으."

당장에라도 떨어질 듯한 아이스크림을 보니 반사적으로 얼굴이 움직여 버렸다.

냠.

선배가 내민 아이스크림을 먹었다.

"오오, 먹어 버렸어."

"······그야 먹죠. 선배가 내밀었잖아요."

"아하하. 그랬지. 맛있어?"

"맛있어요."

"내가 먹여줘서?"

"제조사가 노력한 결과죠."

"후후. 솔직하지 못하긴."

시라모리 선배는 만족스러운 모양이었다.

나는 숨을 돌렸지만──, 그녀의 공격은 아직 끝나지 않았다.

"그럼, 다음은 쿠로야 군 차례야."

"······네?"

"네? 는 무슨. 자기만 먹고 치사하잖아. 나도 그 아이스크림을 먹고 싶은데."

"그, 그럼 아직 입을 대지 않았으니 알아서……."

"으응."

내 말을 가로막으려는 듯이 시라모리 선배가 턱을 더 내밀었다.

그리고 입을 벌렸다.

"머겨줘허."

"……윽."

발음이 이상한 '먹여줘' 때문에 뇌가 오싹거렸다.

이게 뭐지?

시라모리 선배가 입을 반쯤 벌린 채 무방비한 상태로 내 행동을 기다리고 있다.

립글로스로 반짝이는 입술과 그 너머로 살짝 보이는 빨간 혀. 왠지 매우 망측한 광경이 떠올라 버리는 건……, 내 마음이 더럽혀졌기 때문일까?

"……드, 드세요."

스푼을 내밀자 시라모리 선배는 냠, 아이스크림을 먹었다.

"으음~, 이쪽도 맛있네."

"그거 다행이네요."

"쿠로야 군이 먹여줘서 그런가?"

"……제조사가 노력한 결과죠."

싱글거리는 표정에서 눈을 돌리며 나는 스푼을 아이스크림에 꽂았다.

아이스크림 다음은 서점이었다.

역 건물 안에 있던 큼직한 서점을 향해 둘이서 걸어갔다.

이런이런.

겨우 숨을 돌릴 수 있는 시간인 모양이다. 계속 원정경기를 나온 느낌이었는데 서점이라면 내 홈 그라운드나 마찬가지다.

역 건물은 안에 있는 서점은 처음 와봤지만, 멋진 옷가게나 멋진 아이스크림 가게보다는 훨씬 차분해지는 곳이다.

"평범한 사람들이라면 '모처럼 멀리 나왔는데 왜 서점에 가?'라고 생각할까?"

"그렇게 생각할 것 같네요~. '근처 서점에서도 똑같은 걸 팔잖아'라고 촌스러운 말을 할 것 같아요."

"그런 게 아닌데 말이지."

"그런 게 아니란 말이죠."

우리는 서로 마음이 통하는 것 같았다.

맞아. 그런 게 아니라고.

거기 있는 서점이라서 사고 싶어지는 책이라는 게 있단

말이야.

고객의 동선을 계산해서 만든 매장의 레이아웃이나 구매 의욕을 부추기는 선전 POP. 그런 서점 점원분의 노력으로 인해 이루어진 서점에서는 통신 판매나 전자 서적으로는 만날 수 없었던 책과 만나게 되는 경우가 있다.

물론 통신 판매나 전자 서적을 부정할 생각은 없다.

나도 양쪽 다 이용하니까.

다시 말해 각자 장점과 매력이 있다는 뜻이다.

그리고 평소에 가던 곳이 아닌 서점에서 사면 평소와는 다른 북 커버나 책갈피를 받을 수도 있다. 시간이 좀 지나서 다시 읽었을 때 '그러고 보니 이 책은 멀리 나갔을 때 거기 서점에서 샀었지'라는 식으로 추억에 젖을 수도 있다.

"앗. 이 만화 요즘 정말 잘 팔린다던데."

"엄청 잘 팔리는 모양이에요. 저도 이 만화가 분은 좋아하는데……, 솔직히 저는 전작이 더 좋았어요. 매출은 별로 좋지 않았던 모양이지만, 작가의 개성이 잘 드러난 느낌이라서요. 이쪽은 약간 팔리는 노선으로 치우쳐서 저하고는 동떨어진 느낌이 드니까……."

"와~, 나왔네~. 히트작을 내놓은 작가님의 별로 팔리지 않았던 전작을 더 좋아했다고 어필하는 사람~."

"……이제 아무 말도 안 할래요."

"아하하. 미안, 미안, 삐지지 마."

즐겁게 잡담을 하면서 서점을 돌아보았다.

아, 역시 서점은 좋다.

다른 데이트 스폿과는 달리 친가처럼 안심이 된다.

내게는 겨우 숨을 크게 내쉴 수 있게 된 것처럼 행복과 편
안함으로 가득 찬 시간이었지만──, 그것도 오래 가지는
않았다.

"……앗."

갑자기 시라모리 선배가 이상한 소리를 냈다.

"왜 그러세요?"

"어……, 아, 아니, 저기……, 아하하."

망설이는 표정을 보인 다음, 둘러대는 듯이 웃었다.

그런 다음.

"왠지……, 우연히 눈에 들어와 버려서."

그렇게 말하고 어떤 책장을 손가락으로 가리켰다.

서점 한 켠에 있던 그 책장 아래쪽.

별로 눈에 띄는 곳은 아니었지만 그중 몇 권이 이쪽으로
표지를 보이게끔 놓여 있어서 한눈에 어떤 책인지 알아볼
수가──.

"──윽?!"

나는 깜짝 놀랐다.

시라모리 선배가 쑥스럽다는 듯이 손가락으로 가리킨 책.

그것은——.

『살짝 야한 유부녀는 좋아하시나요?

~노리코 씨의 동정 떼기 레슨~』

"아하하……, 종이책으로도 파는구나, 이거."

껄끄럽다는 듯이 웃는 시라모리 선배.

나는——, 껄끄러운 정도가 아니었다.

또냐.

또 이거냐.

노리코 씨, 당신은 또 저를 괴롭히는 건가요?

이건 대체 무슨 레슨인 건데요……?!

"아니……, 뭔가 그거네~. 이런 책은 은근슬쩍 당당히 파는 경우가 많단 말이지. 따로 구역을 나누지 않고 그냥 파는 서점이 많다고 해야 하나……. 나도 모르게 마주치게 되는 경우가 가끔 있으니까."

침묵을 피하고 싶은 건지 계속 말하는 시라모리 선배.

그렇다.

이런 책은——, 의외로 당당하게 팔곤 한다.

실사 야한 책이나 야한 만화 잡지 같은 것들은 갈수록 구역을 엄격하게 나누고 있지만…… 관능 소설이나 에로 라이트노벨 같은 건 의외로 규제가 느슨하다.

서점에 따라서는 일반 라이트노벨 옆에 아무렇게나 에로 라이트노벨을 진열하기도 한다.

젠장, 실수했다.

항상 가던 서점이라면 그런 구역을 피할 수도 있었을 텐데, 처음 오는 서점이라 피할 수가 없었다.

나도 모르게 에로 라이트노벨 & 관능 소설 구역에 발을 내디뎌 버렸어……!

"책장에 꽂혀 있는 게 아니라 쌓여있는 걸 보니 꽤 팔리는 건가? 이거."

처음에는 동요하던 시라모리 선배도 점점 차분해지기 시작했다.

놀리는 표정을 지으며 내 얼굴을 들여다보았다.

"그, 글쎄요……? 잘 팔리는 거 아닐까요?"

적당히 대답하긴 했지만, 사실은 알고 있다.

노리코 씨 시리즈는──, 에로 라이트노벨치고는 꽤 잘 팔리는 모양인지 이미 OVA로도 발매가 결정된 인기 시리즈다.

단권 완결이 잦은 에로 라이트노벨인데도 이미 속간이 3권이나 나왔다.

"역시 남자들은 '유부녀'를 좋아하는 거야?"

"무, 무슨 말씀을 하시는 건가요……?"

"아니, 봐, 왠지 그런 이미지가 있지 않아? 자세히는 모르지만……, 성인 업계에서는 인기 있는 장르잖아, 유부녀."

"그, 글쎄요?"

"나도 이상한 별명이 붙었는데 말이지. 남자들은 '유부녀'를 왜 좋아하는 거야? 아침 드라마 같은 배덕감을 좋아하는 건가? 금단의 사랑에 이끌리는 것처럼?"

"……그런 것도 있겠지만, 남자 같은 경우에는 더 단순한 이유 때문일 거예요. 성인 쪽 작품에 나오는 '유부녀'는 보통 욕구불만인 설정이니까 그냥 야하다는 게 크고──."

아니, 잠깐만.

왜 그렇게 자세히 설명하고 있는 건데?

아니, 이거, 대체 뭐 하는 시간이지?

왜 여자친구하고 데이트하던 도중에 성인 쪽 작품 중 '유부녀' 계열 작품의 수요에 대해 개인적인 견해를 떠들어대고 있는 건데?

"흐음, 역시 '유부녀'를 잘 아시는군요, 쿠로야 군."

"……잘 알진 못해요. 보통이에요."

"후후후. 이런, 이런, 곤란한 남자친구 분이시네."

즐겁게 웃고 나서.

"그럼 말이지, 만약에 내가 진짜로 '유부녀'가 되어버리면 어떻게 할 거야?"

그렇게 말했다.

"만약에 내가 다른 누군가하고 결혼해서 '유부녀'가 되어 버리면 쿠로야 군은 오히려 기뻐하거나──."

그건 분명히 농담이라는 걸 알 수 있는 말투였다.

이야기를 하다가 나온, 그냥 예를 들어서 한 말에 불과했다. 머리로는 충분히 알고 있었다.

하지만 정신을 차리고 보니 나는.

"──생각하고 싶지도 않아요."

상대방의 말을 가로막듯이 곧바로 대답하고 있었다.

"저번에도 말했지만, 이런 책은 어디까지나 엔터테인먼트로 즐기는 거니까요. 현실하고는 전혀 달라고. 시라모리 선배가 '유부녀'가 된다는 건 죽어도 싫어요. 다른 사람의 부인이 아니라 제──."

반사적으로 빠르게 떠들어 대고 나서야 정신을 차렸다.

시라모리 선배는 멍한 표정으로 나를 보고 있었다.

놀란 것 같기도 하고, 그러면서도 무언가를 기다리고 있는 것 같기도 하고. 불안함과 기대를 머금고 있는 표정을 본 순간, 맹렬한 수치심이 솟구쳤다.

"제……, 뭐?"

"~~윽! 아, 아무것도 아니에요!"

얼굴을 돌리고 세차게 발걸음을 돌렸다.

"······슬슬 가죠. 계속 이렇게 부끄러운 곳에서 부끄러운 이야기를 하고 있을 수는 없으니까요."

"어, 어~? 왜? 왜? 마지막까지 확실하게 말해줘."

"······절대로 말 안 해요."

시라모리 선배는 불만스러운 것 같았지만, 나는 도망치듯이 걸어갈 수밖에 없었다.

그 이후로도 이곳저곳 돌아다니면서 역 건물을 만끽하고 나니 시간이 오후 4시쯤.

우리는 그제야 노래방에 가게 되었다.

"돌아갈 시간을 생각하면 한 시간 정도밖에 못 있을 것 같은데요?"

"응. 뭐, 괜찮지 않을까? 한 시간 정도면."

둘이서 에스컬레이터를 타고 내려가던 도중에 시라모리 선배가 말했다.

"솔직히 말하면 말이지, 노래방을 별로 안 좋아하거든."

충격적인 발언이었다.

"저, 정말로요······?"

"많이 모여서 가서 다른 사람이 노래를 부르는 걸 듣는 건 싫지 않은데, 내가 노래를 부르는 건 별로라는 느낌이라······. 쿠로야 군은 어때?"

"저도 딱히 좋아하진 않아요. 척 보기에 싫어할 것 같은

Illustrations © Hyuuga Azuri

캐릭터잖아요, 저."

"아하하. 둘 다 껄끄러운 거면 노래방은 가지 말까?"

"……그럼 오늘은 뭐 하러 온 건데요?"

나오게 된 계기가 우쿄 선배하고만 노래방에 간 게 치사하니까 나하고도 같이 가자, 그런 이야기였던 것 같은데…….

내가 묻자 시라모리 선배는 에스컬레이터를 내린 것과 동시에.

"뭐 하러 온 것 같아?"

질문을 질문으로 받아쳤다.

고개를 살짝 갸웃거리고, 진심으로 즐거운 듯이 미소를 짓고.

"뭐 하러 왔다뇨."

"그래, 정답. 우리는 데이트를 하러 온 거예요."

"……아직 아무런 말도 안 했는데요."

"얼굴에 써 있어. '정말 좋아하는 선배하고 데이트를 할 수 있어서 행복해요'라고."

"……그렇게 읽었다면 시라모리 선배의 마음속에서는 그게 정답인 거겠죠."

"아하하. 부정 안 해?"

"독자의 감상에 트집을 잡진 않아요."

폼을 잡으면서 둘러댈 수밖에 없었다.

부정 같은 건——, 거짓말로도 할 수가 없다.

부끄러워질 정도로 속마음을 정확히 맞춰 버렸으니까.

"그러면……, 어떻게 할까요? 이제."

"음~. 돌아가는 전철을 탈 때까지 아직 시간이 있으니까 역시 노래방에 가보는 것도 괜찮을지 모르겠어. 노래를 하지 않아도 느긋하게 쉴 수도 있고, 산 옷 같은 것도 확인할 수 있고."

그런 느낌으로 우리는 결국 노래방에 가게 되었다.

하지만 노래를 하지 않아도 될 것 같아서 안심했다. 어젯밤에는 가족에게 혼날 정도로 목욕탕에서 혼자 노래 연습을 한 성과를 선보이지 못하게 된 건 약간 아쉽지만, 그래도 안심이 더 크다.

역 건물 밖으로 나가려던 참에.

"쿠로야 군, 혹시 어젯밤에 노래 연습 같은 거——."

시라모리 선배가 평소처럼 초능력자인가 싶을 정도로 내 행동을 예측해서 놀리려고 하다가——, 중간에 멈췄다.

말뿐만이 아니라 발걸음도 멈췄다.

"어……? 왜, 왜 그러세요?"

나도 멈춰서서 물어보았지만, 대답이 없었다.

시라모리 선배의 시선은 역 건물 출입구 쪽으로 향해 있었다.

밖으로 통하는 문 근처에 늘어서 있는 휴식용 벤치——,
그중 한 곳에 어떤 소녀가 혼자 앉아있었다.

어깨까지 내려오는 머리카락과 아직 어린 느낌이 남아 있
는 얼굴. 나이는 중학생 정도일까. 몸집은 자그마한데 유행
하는 오버 사이즈 셔츠를 걸치고 있어서 왠지 언밸런스한
인상을 풍겼다.

시라모리 선배의 눈은——, 그 소녀를 향해 있었다.

눈동자에 드러난 것은 주저하는 느낌과 갈등하는 느낌.

자신이 어떻게 해야 할지 망설이며 고민하는 듯한——.

"……앗."

그때——, 소녀가 이쪽을 보았다.

약간 껄끄러운 듯한 표정을 지은 다음, 천천히 벤치에서
일어나 이쪽으로 걸어왔다.

"오랜만이에요, 카스미 씨."

왠지 어색한 듯이 인사를 하며 고개를 살짝 숙였다.

선배는——.

"오랜만이야, 카즈미."

사교적인 미소를 지으며 인사를 건넸다.

좀 전에 한순간 보여주었던 주저하는 느낌과 갈등하는 느
낌은 어느새 사라진 뒤였다.

거짓말처럼 사라졌다.

"이런 곳에서 만나다니, 우연이네요."

"정말 그렇네. 깜짝 놀랐어."

"카스미 씨도 쇼핑하러 오셨나요?"

"뭐, 그런 셈이지. 학교 친구하고 좀."

"그런가요——, 어?"

소녀는 담담하게 이야기하다가 나를 보고는 굳었다.

나도 마찬가지로 반응하기 곤란해서 껄끄러운 침묵이 생겨났다.

"저기……, 카스미 씨, 이 사람은 누군가요……?"

"우리 학교 후배."

"……그러니까."

"음~, 뭐, 그런 관계라는 거지."

시라모리 선배는 의미심장한 듯한 말투로 말했다.

"친구 이상 연인 미만……, 그런 느낌이지?"

"……아니, 저한테 떠넘기지 말아 주세요."

이런 타이밍에 그렇게 치명적인 걸 물어봐도 곤란한데.

"아……, 그렇군요. 뭐, 그럴 수도 있겠네요. 카스미 씨도 이제 고등학교 3학년이니까."

놀란 것 같기도 하고 감탄한 것 같기도 하고, 하지만 최종적으로는 어찌 되든 상관없다는 듯한 표정을 지었다.

"쿠로야 군, 이 애는 베니카와 카즈미라고 하고, 중학교

1학년이야. 카즈미, 이쪽은 쿠로야 소키치 군이라고 하고, 고등학교 2학년인 내 후배."

"아……, 아, 안녕하세요. 쿠로야라고 합니다."

급하게 고개를 숙였다. 연하라고 해도 처음 만난 사람에게는 온 힘을 다해 존댓말을 하면서 인사를 해버리는 게 나 같은 남자다.

중학교 1학년이라.

연하일 것 같다, 중학생 정도일 것 같다, 그런 생각이 들었지만 설마 1학년일 줄은 몰랐다. 중학교 1학년치고는 오히려 성장이 빠른 편일 것이다.

왠지 어른스럽다.

그리고.

왠지——, 시라모리 선배와 닮았다.

"처음 뵙겠습니다, 베니카와입니다."

베니카와 양은 담담하고 차분한 모습으로 인사를 했지만.

"카스미 씨의……, 저기."

말하던 도중에 말문이 막혀 버렸다.

그러자.

"친척이라고 하면 되지 않을까?"

도와주려는 듯이——, 아니면 선수를 치려고 하듯이 시라모리 선배가 말했다.

"……그렇죠, 친척이에요."

베니카와 양은 약간 쓴웃음을 짓는 듯이 고개를 끄덕였다.

왠지——, 신기한 느낌이었다.

두 사람이 이야기를 하고 있으니 묘하게 긴장되는 느낌이 든다.

결코 험악한 사이가 아니고 오히려 우호적인데도——. 그럼에도 불구하고 뭔가 어색하다.

말로 표현하기 힘든 독특한 거리감과 긴장감이 두 사람 사이에 존재했다.

"카즈미, 오늘은 혼자 왔어?"

"아뇨……, 어머니하고 왔어요."

"아——, 역시 그렇구나."

"지금은 화장실에 가서서 기다리고 있어요."

한 박자 쉰 다음, 베니카와 양이 말했다.

"이제 곧 돌아오실 텐데, 만나고 가실래요?"

"아니, 됐어."

시라모리 선배는 곧바로 대답했다.

"이제 돌아가려던 참이었거든. 전철 시간도 있어서 얼른 가봐야 해."

어? 그렇게 생각하며 옆을 보았다.

시라모리 선배는 태연했다.

태연하게──, 거짓말을 하고 있었다.

　아직 돌아갈 시간이 아니다.

　원래 가든 안 가든 상관없는 노래방에 갈 예정이었고, 정말 어찌 되든 상관없는 예정에 불과했는데.

　"어차피 다음 달에도 만날 테니까 오늘 억지로 만나지 않아도 돼. 안부 전해 줘."

　"······그런가요? 알겠어요."

　베니카와 양은 조용히 고개를 끄덕였다.

　"그럼 갈까? 쿠로야 군."

　"어······, 네, 네."

　"또 보자, 카즈미. 바이바이~."

　밝은 목소리로 작별 인사를 한 다음, 시라모리 선배는 시원스럽게 걸어갔다.

　나는 베니카와 양에게 살짝 고개를 숙인 다음, 급하게 그녀를 쫓아갔다.

　역 건물 밖으로 나와 한동안 걸어갔다.

　노래방으로 가는 것도, 역 개찰구로 가는 것도 아니었고, 시라모리 선배는 그저 똑바로 계속 걸어갔다.

　마치──, 무언가로부터 도망치듯이.

　"시라모리 선배······."

　침묵을 견디지 못한 내가 입을 열어 버렸다.

"저기……, 괜찮으세요?"

"…………."

그러자 그녀는 곧바로 멈춰 섰다.

천천히 돌아보았다.

"괜찮……지 않게 보였으려나?"

이쪽을 본 그녀는 곤란하다는 듯이 쓴웃음을 지었다.

"음~, 큰일이네. 너무 갑작스러워서 살짝 당황해 버렸거든. 평소였다면──, 좀 더 잘 해냈을 텐데."

"…………."

"미안해, 쿠로야 군. 이상한 거짓말에 끌어들여서."

"아뇨, 그건 상관없는데요."

나는 마음속 깊은 곳에서 치솟는 불안감에 떠밀리듯이 입을 열었다.

혹시나 발을 내디뎌서는 안 되는 영역일지 모른다는 생각도 들었지만, 그래도 물어볼 수밖에 없었다.

"……저 애, 베니카와 양은……, 시라모리 선배하고 어떤 관계인가요?"

단순한 친척 같진 않다.

좀 더 깊게 이어진 무언가, 또는 좀 더 깊게 파인 골로 나뉜 무언가를 두 사람에게서 느껴버렸다.

"친척……이라고 했던 건 거짓말이 아니야. 일단은 친척

이라고 해도 틀린 말은 아니니까. 피도 그럭저럭 이어져
있고."

시라모리 선배가 말했다.

힘없고 덧없는 미소를 지으면서.

"카즈미는——, 내 여동생이야."

아버지는 다르지만.

이라고.

그녀는 말했다.

부자연스러울 정도로 쉽사리, 별일 아니라는 듯이 말했다.

제5장 차별 노스탤지어

약 반년 전.

학교 전체가 문화제 준비로 바쁜 무렵——.

"——나, 어머니가 없거든."

방과 후 부실.

둘이서 문화제를 대비해 부지 편찬 작업을 하던 와중에 시라모리 선배가 말했다.

정말 쉽사리 말했다.

"없다니……."

"아, 딱히 그렇게까지 어두운 이야기는 아니야. 잘 살고 있고, 지금도 정기적으로 만나고 있어. 그냥 같이 살지 않을 뿐이야."

밝게, 부자연스러울 정도로 밝게 말했다.

이야기를 시작한 계기는 '언제부터 소설을 읽었나요?' 같은 말이 나왔기 때문이었다.

내가 별로 재미있지도 않고 매우 흔한 에피소드를 말했고, 이번에는 시라모리 선배 차례가 되었는데, 그녀는 자신의 과거 이야기를 하기 시작했다.

"내가 어렸을 때……, 네 살 때 이혼해 버렸거든. 나는 아버지 쪽에 맡겨졌어. 무슨 일이 있었는지는 모르겠지만……, 뭐, 이것저것 있었겠지. 본인들끼리만 아는 무언가가."

149

거침없이 말한다.

마치 남 일인 것처럼.

마치 가공의 이야기를 읽는 것처럼.

지금 생각하니——, 그 무렵 시라모리 선배는 좀 지쳤던 것 같다.

지치고, 초췌해져 있었다.

작년 문화제 때——, 그녀는 매우 궁지에 몰려 있었다.

주위 사람 때문이기도 했고, 그리고 그녀 자신의 문제이기도 했다.

그런 시기였기에 그런 건지도 모르겠다.

시라모리 선배는 갑작스럽게 자기 이야기를 하기 시작했다.

불만을 털어놓는 것처럼, 약한 소리를 하는 것처럼, 과거에 이런저런 사정이 있어서 나는 이런 사람이야, 그렇게 변명하는 것처럼——.

"지금은 적당한 거리감을 두고 나름대로 잘해 나가고 있는데……, 처음에는 힘들었어. 난 어머니를 정말 좋아했거든. 밤이 될 때마다 마마 보고 싶어, 마마 보고 싶어, 그렇게 엉엉 울면서……, 아버지를 매우 곤란하게 해버렸지."

미안하다는 듯이 말하고 있지만——, 미안하다고 생각할 필요는 없을 것 같았다.

네 살 어린애가 어머니를 원하는 건 당연한 거라 생각한다.

부모님 사정 같은 건 아이와는 상관이 없으니까.

"그때 아버지는 어린 눈으로 보기에도 알아보기 쉬울 정도로 매우 지친 상태였어. 당연하겠지……, 안 그래도 이혼이다 친권이다 큰 소동이 벌어졌는데 이제는 일을 하면서 나까지 돌봐야 했으니까."

당연하다고 해야 할까.

선배만 힘든 게 아니었던 모양이다.

혼자서 일과 육아를 양립하려고 분투하기 시작한 아버지도 마찬가지로 환경의 변화에 전부 대처하지 못하고 피폐해진 상태였다.

어린 딸에게 들켜버릴 정도로 확실하게.

"나도……, 점점 울고만 있을 수가 없게 되어서 말이지. 아버지는 내가 울어도 화를 내지도 않고……, 정말 슬픈 표정을 지으면서 계속 사과만 하니까. 그래서 미안해졌다고 해야 하나……, 왠지 나쁜 짓을 하는 것 같은 기분이 들어서."

아직 어렸던 소녀는 어린 마음에도 지친 아버지를 신경 쓰기 시작한 모양이다.

그것은 자상한 마음이기도 했고, 그와 동시에 죄책감이기도 했을 것이다.

"아버지가 너무 곤란하지 않게끔, 아버지를 너무 번거롭

게 하지 않게끔, 나는 최대한 혼자서 어른스럽게 지내자고
생각했고——, 그래서 책을 읽게 되었어."

시라모리 선배는 말했다.

작업하던 부지를 손으로 쓰다듬으면서.

"처음에는 그림책이었는데, 그건 금방 다 읽어버리니까,
조금씩 길고 어려운 책을 사달라고 해서 읽게 되었고……,
그렇게 날마다 혼자서 책을 읽으면서 지내다 보니까 아버지
가 나를 자주 칭찬해 줬어."

『카스미는 어른스럽고 착한 아이구나.』
『카스미는 다른 애들보다 어른이구나.』

시라모리 선배의 아버지는 그렇게 그녀를 칭찬해 준 모양
이다.

그 마음을——, 상상 정도는 할 수 있다.

일과 육아에 치여 살아가는 나날에서 만약에 아이가 떼쓰
지도 않고 얌전히 책을 읽으며 지내준다면——, '놀아달라',
'어디에 데리고 가달라' 소란을 피우지 않고 혼자서 조용히
방에서 책을 읽으며 지내준다면.

분명히 부모님에게 매우 고마운 일이었을 것이다.

마치 이상적인 아이였을 것이다.

"칭찬받는 건 기뻤고, 무엇보다 아버지가 안심한 듯한 표정을 지으니까. '아, 내가 책을 읽으면 아버지가 기뻐하는구나'라는 생각이 들어서……, 점점 책을 더 읽게 되었어. 방에서, 혼자, 계속……."

그렇게 말한 선배는 웃고 있었지만, 왠지 쓸쓸하게 보였다.

누군가가 잘못한 것도 아니고, 불행한 이야기도 아닐 것이다.

바빠 보이는 아버지를 신경 써서 딸이 혼자 책을 읽으며 지내는 아이가 되었다.

아버지는 그런 딸을 '착한 아이'라고 칭찬했고, 딸은 그런 아버지의 감사와 기대에 부응하자는 생각으로 더욱 책의 세계에 빠져들었다.

아무것도 잘못된 건 없다.

하나의 가정의 형태로서 자주 있는 이야기일 것 같다.

하지만——, 어딘가 일그러진 것 같다고 느끼는 이유는 뭘까.

"……아. 그래도 딱히 억지로 책을 읽은 건 아니거든?"

그때 시라모리 선배는 생각났다는 듯이 덧붙여 말했다.

"책을 읽기 시작한 계기가 그거였을 뿐이야. 읽기 시작했더니 푹 빠졌고, 점점 다양한 책을 읽게 되었어. 아버지도 책이라면 얼마든지 사줬으니까."

그리고, 그렇게 말하며 이야기를 이어나갔다.

"왠지……, 기대하고 있던 부분도 있었거든. 꿈꾸던 부분이 있었어. 아버지 말을 잘 듣고, '착한 애'로 지내다 보면……, 언젠가 어머니가 분명히 돌아와 주지 않을까 하고. 다시 가족 셋이서 사이좋게 살 수 있지 않을까 하고……, 그런 걸 꿈꾸고 있었어."

바보 같지?

선배는 그렇게 말하며 웃었다.

완전히 자조하는 듯한 미소를 보자 나는 가슴이 조이는 듯이 아팠다.

"그럼 베니카와 양이 여동생이라는 건……."

"응. 이것저것 복잡하긴 한데, 여동생이라고 하면 여동생이라는 느낌이지. 카즈미는 나하고 피가 반쯤 이어진 여동생이야. 어머니가 우리 아버지하고 헤어진 뒤에 다른 사람하고 결혼했고……, 그 뒤에 임신해서 낳은 애가 카즈미인 거고."

"…………."

"헤어진 지 1년도 안 지나서 재혼했고, 금방 임신해 버렸거든, 우리 어머니. 뭐라고 해야 하나……, 자세히 듣진 못했는데 애초에 이혼한 이유가 우리 어머니하고 그 사람 관계 때문인 것 같아서……."

"…………."

"아하하. 미안해, 이런 이야기를 해도 곤란하겠지."

"……아뇨."

시라모리 선배는 밝게 웃어넘기려는 듯이 말했지만, 도저히 웃을 수 있는 이야기는 아니었다.

장소는──, 역 앞에 있는 노래방 실내.

베니카와 양하고 헤어진 다음, 우리는 원래 예정대로 노래방으로 향했다.

휴일이라 가게가 혼잡해서 그런지 안내받은 곳은 꽤 좁은 방이었다. 저번에 우쿄 선배와 갔던 방하고 비교하면 넓이가 절반 정도밖에 안 된다.

좁은 밀실에서 여자친구와 단둘이.

평소 나였다면 긴장하고 쑥스러워서 살짝 패닉 상태에 빠졌겠지만──, 지금은 도저히 그런 기분이 들지 않았다.

"아~. 모처럼 쿠로야 군하고 처음으로 노래방에 왔는데, 뭔가 노래할 분위기가 아니게 돼버렸네. 뭐, 애초에 노래를 부를 생각도 별로 없었지만 말이야."

분위기를 무겁게 만들어 버린 책임을 느끼고 있는지 시라모리 선배는 평소처럼 밝게──, 아니, 평소 이상으로 밝게 행동하려 했다.

"……베니카와 양."

"응?"

"아, 아뇨, 베니카와 양하고……, 여동생 분하고 알고 지내시나 보네요."

베니카와 카즈미.

시라모리 카스미의——, 이부자매(異父姉妹).

작년 문화제 때 어머니가 다른 사람과 재혼해서 가정을 꾸렸다는 이야기까지는 들었지만——, 여동생이 있다는 것까지는 몰랐다.

게다가 그 여동생과 이야기까지 나누는 관계였다니.

"……보통 그런 건지 아닌지는 모르겠지만, 뭐, 알고 지내지."

시라모리 선배가 곤란하다는 듯이 웃었다.

"어머니하고는 지금도 정기적으로 만나고 있고, 난 어머니 쪽 친가에도 들르곤 하니까. 그래서……, 그쪽 가족하고도 만나 버리는 경우가 있거든. 피하는 것도 이상하니까 평범하게 대하자고 생각하긴 하는데……, 뭐, 왠지 껄끄럽지."

"…………."

"아니, 나보다 카즈미가 더 껄끄러울 거야. 어떤 표정을 지으면서 만나야 할지 모를 거 아냐? 자기 어머니가 전 남편 사이에 낳은 아이니까."

그렇게 따지면 시라모리 선배도 마찬가지일 텐데.

자기 어머니가 재혼해서 낳은 아이.

문득 좀 전에 두 사람의 만남을 떠올렸다.

새삼 떠올리면——, 둘 다 약간 뜸을 들였던 것 같다.

상대방의 존재를 눈치채고 나서 양쪽 다 한순간 주저했다.

마치.

말을 걸지 말지 망설이는 것처럼.

어떻게든 이야기를 나누지 않고 지나칠 방법을 머릿속으로 짜내는 것처럼.

"일단은 내가 연상이고 언니니까 애써서 사이좋게 지내야겠다고 생각하는데, 꽤 까다롭거든……. 뭐라고 해야 하나, 상대방이 사양하거나 배려하는 게 팍팍 느껴져서 그 때문에 이상하게 거리가 벌어지는 느낌이라……."

사양하고 배려하는 건——, 시라모리 선배도 마찬가지일 텐데.

서로가 서로에게 죄책감 같은 걸 느끼며 신경 쓰고 있다.

독특한 긴장감과 거리감의 정체를 이제야 알아낸 것 같았다.

"……어머니하고는 만나지 않아도 되는 건가요?"

나는 물었다. 묻고 말았다. 어디까지 파고들어도 되는 문제인 건지 모르겠지만, 정신을 차리고 보니 입을 열고 있었다.

"좀 전에 그곳에 계셨던 거죠?"

"……음~. 뭐, 좀 전에도 말했지만, 다음 달에 만나니까. 해마다 여름방학이 되면 만나고 있거든."

"아니, 그래도──."

"그리고."

시라모리 선배가 내 말을 가로막는 듯이 계속 말했다.

"오늘은……, 마음의 준비가 안 되었거든. 어머니하고 만날 때는 멘탈을 만들어 놓지 않으면 좀 힘들어서."

"…………."

싸늘한 바람이 가슴 안쪽을 스쳐 지나간 것 같은 느낌이 들었다.

마음의 준비?

멘탈을 만들어 간다고?

그런 게……, 친어머니를 만나기 전에 필요하다는 건가?

원래는 누구보다 마음을 터놓을 수 있고, 누구보다 겉치 레없이 대할 수 있는 게 부모이자 가족이라는 것 아닐까. 적어도──, 나는 그렇다. 부모님과 이야기를 하기 전에 마음의 준비를 해본 적이 없다.

하지만 그런 '당연함'은 나라는 개인, 그 좁은 세계에서의 상식에 불과했던 모양이다.

"……딱히 말이지, 어머니를 싫어하는 건 아니거든?"

마치 변명하듯이, 선배는 계속 말했다.

"어머니도 나름대로 사정이 있어서 이혼이나 재혼을 결심했을 테니까, 내가 이것저것 따질 일은 아니다 싶어서."

마치 깨달음을 얻은 듯이 말한다. 모범답안 같은 말을 한다.

뭐라고 해야 하나──, 정말 어른스러운 대답이다, 그런 생각이 들었다.

"원망하는 건 아닌데……, 그냥 어떻게 대하면 되는 건지 좀 망설일 때가 있어. 카즈미하고 같이 있는 모습을 보면……, 그런 생각이 들어버리니까. '아, 이 사람은 이제 내 어머니가 아니구나. 아버지가 아닌 파트너가 있고, 내가 아닌 아이가 있고, 새로운 가족에서 새로운 어머니가 되었구나'라고."

이혼한 뒤에도 정기적으로 아이와 만난다.

그것은 어머니로서의 권리이고, 어떤 의미로는 의무이기도 할 것이다.

상대방은 한 명의 어머니로서, 자식을 낳은 부모로서 시라모리 카즈미를 대하려 하고 있다.

하지만 선배는──, 어떤 위치를 잡아야 할지 망설이고 있다.

새로운 가족이 있는 여자를 어디까지 어머니로서 대해야 하는 건지, 답을 찾아내지 못하고 괴로워하고 있다.

"누가 잘못한 건 아니겠지만 말이지."

선배는 혼잣말을 하는 것처럼 계속 말했다.

"아버지도 그렇고 어머니도 딱히 나쁜 짓을 한 건 아닐 테고……, 물론 카즈미도 잘못한 건 하나도 없어. 다들 각자 사정을 떠안고 열심히 살아가고 있을 뿐인데……, 그런데도 왠지 소화를 제대로 시키지 못해서 답답한 느낌이야……."

"…………."

"아하하. 아예 그냥 누군가가 완전히 나쁜 사람이었다면 좋았을지도 모르겠네. 확실하게 '이 녀석이 잘못했다' 싶은 사람이 있었다면 그 사람을 원망하고 미워하고, 욕하기라도 하면서 시원하게 풀었을지도 모르니까……."

농담처럼 이야기하고 있지만 그 목소리는, 미소는, 왠지 매우 공허했고 정말 쓸쓸했다.

권선징악의 픽션과는 달리 현실에는———, 알아보기 쉬운 악당 같은 건 별로 없다.

때려눕히고 설교를 하면 마음이 시원해지는 악당 같은 건 거의 존재하지 않는다.

누구든 열심히, 서투르면서도 날마다 살아가고———, 그 결과 악의 없고 고의가 없는데도 누군가에게 상처를 입혀버릴 때가 있다.

톱니바퀴가 하나 들어맞지 않아서 전체에 불협화음이 퍼지고, 인간관계에 일그러진 부분을 만들어 내는──, 그런 사례는 분명히 전 세계에 잔뜩 있을 것이다.

시라모리 카스미의 이야기에는──, 알아보기 쉬운 악당이 없었다.

악의를 품고 인간관계를 파탄내려 한 사람은 한 명도 없었다.

그것은 어떤 의미로 매우 행복할 수도 있을 것이다.

하지만 세계는, 인간은 그렇게 단순하게 이루어져 있지 않다.

악의에는 악의로 맞서면 된다.

악의 때문에 상처를 입었다면, 악의의 근원을 없애면 된다. 악의를 근절하지 못하더라도 그 사람을 원망하고 미워함으로써 마음의 균형을 잡으면 된다.

하지만.

악의 없는 세계에서 상처를 입어 버렸을 때, 사람은 과연 어떻게 해야 하는 걸까?

"……미안해, 왠지 분위기가 죽어 버렸네. 모처럼 첫 데이트였는데."

고개를 숙인 채, 그러면서도 의도적으로 만들어낸 것처럼 밝은 목소리로 시라모리 선배가 말했다. 이런 상황에서도 나를 신경 써주고 있다.

나는──, 어떻게 해야 할지 알 수가 없었다.

애써 미소 짓는 그녀에게 어떤 말을 해줘야 할지 모르겠다.

평소에 책을 많이 읽는 주제에──, 한 권이라고는 해도 책을 낸 프로 작가 주제에, 그럴싸한 말이 단 한 마디도 생각나지 않는다.

자신의 무력함이 원망스럽다.

머릿속이 새하얘진 것──도 아니다.

말이 차례차례 떠오르긴 하지만 그 말이 입 밖으로 나가지 않는다.

'이런 말은 위로도 안 된다', '그녀의 사생활 문제에 어디까지 파고들어도 되는 걸까'……, 그런 생각만 하면서 아무런 말도 하지 못한 채 잠자코 있을 수밖에 없다.

애늙은이 같은 자신이 점점 싫어진다.

아무런 말도 할 수 없다.

어차피 외부인이고 학교 후배에 불과한 나는──, 남자친구라고 해도 시험 삼아 사귀는 것에 불과한 나는 어떤 말도 할 자격이 없다.

그러니까.

그렇기 때문에.

Illustrations © Hyuuga Azuri

적어도——.

"……어."

시라모리 선배가 놀라며 당황한 목소리를 냈다.

그럴만도 했다.

옆에 있던 남자가——, 갑자기 끌어안았으니까.

꼬옥.

어깨에 팔을 두르고 세게 끌어안았다.

떨리는 손에 힘을 주고, 마음을 필사적으로 굳게 먹고.

"쿠, 쿠로야 군……?"

당황해서 떨리는 목소리로 품속에 있던 시라모리 선배가
말했다.

"달라붙고 싶을 때는 언제든 달라붙어도 된다고 했죠?"

내 목소리도 떨리고 있다.

긴장되고 불안해서 당장이라도 입 밖으로 심장이 튀어나
올 것만 같았다. 지금 당장 이곳에서 도망치고 싶은 충동에
휩싸였지만, 그런 압박감을 억지로 집어삼키고 손에 계속
힘을 주었다.

"…………."

대답은 들리지 않았다.

하지만 끌어안고 있던 시라모리 선배의 몸에서 서서히 힘
이 빠져나가는 것이 느껴졌다. 거절하지는 않는 것…… 같

다. 그렇게 믿고 싶다.

나는 다시 조금씩, 조심스럽게 팔에 힘을 주기 시작했다.

끌어안은 건 처음——도 아니다.

저번 달에 우리 집에 놀러왔을 때, 어머니가 갑자기 돌아와서 그 상황을 피하기 위해 있는 힘껏 끌어안고 침대로 숨으려 한 적이 있었지만——, 그때는 너무 당황해서 오감을 작동시킬 여유도 없었다.

하지만 지금은 다르다.

이성은 묘하게 또렷했고, 오감이 이상할 정도로 선명하게 작동되었다.

내 몸 전부가 그녀를 느끼려 하고 있었다.

팔 전체로 느껴지는 그녀의 몸은 옷 너머로도 충분히 알 수 있을 정도로 부드러웠고, 따스했다. 길고 윤기 나는 머리카락에서는 달콤하고 좋은 향기가 풍겼다. 평소에는 어렴풋하게만 느꼈던 시라모리 선배의 향기. 그것이 지금은 엄청나게 가까운 곳에서 느껴지고 있었다.

온몸으로 느낀 체온과 향기에 뇌가 끓어오를 것만 같았다.

"……시라모리 선배는."

나는 말했다.

시험 삼아 사귀는 남자친구에 불과한 나는 뭔가 말할 자격이 없다.

남의 가정환경에 대해 잘난 듯이 설교할 수 있는 입장도 아니고, 상황을 극적으로 개선할 수 있을 만큼 멋진 타개책을 말할 수도 없다.

하지만.

그래도——, 말하자.

자격이 없더라도 하고 싶은 말을 하자.

품속에 있는 사랑스러운 사람에게, 전하고 싶은 말을 전하자.

"정말 상냥하시네요."

"……상냥하다고?"

"좀 전에 말했잖아요. '아예 누군가가 나쁜 사람이었다면 좋았을 텐데'라고요."

누군가가 나쁜 사람이었다면.

명확하게 '이 녀석이 잘못했다' 싶은 사람이었다면.

그 사람을 원망하거나 미워함으로써 마음의 균형을 잡을 수 있었을 거라고.

"하지만——, '나쁜 사람이 없다'라고 생각할 수 있는 건, '잘못한 사람이 없다'라고 생각할 수 있는 건 선배가 마음씨 고운 사람이기 때문일 거예요."

"…………."

"선악 같은 건 보는 사람에 따라 다르니까요."

상대가 악인인지 선인인지──, 그런 건 보는 사람의 입장과 상황, 그리고 인간성 등에 따라 얼마든지 바뀔 수 있다.

예를 들어 누군가 시라모리 선배와 똑같은 상황에 처한다고 해도──, 품게 되는 감정은 사람마다 다를 것이다.

특정한 누군가를, 아니면 주위 모든 것을 원망하고, 미워하고, 저주하는 사람도 있을지 모른다.

만약에 내가 같은 상황에 처했다면……, 제멋대로 구는 어머니를 원망하고, 의붓여동생을 질투하고, 한심한 아버지에게 불만을 품었을 것이다.

주위 사람들을 부정함으로써 필사적으로 자신만을 정당화했을 것이다.

하지만 선배는 '아무도 잘못하지 않았다'라고 한다.

누군가를 싫어하지도, 미워하지도 않고 자신을 정당화시키기 위해 누군가를 부정하지도 않는다.

"……내가 상냥해?"

잠깐 침묵이 흐른 다음, 시라모리 선배가 복잡하다는 듯이 쓴웃음을 지었다.

"상냥한 거하고는 좀 다른 것 같은데. 나만큼 약삭빠르고 타산적인 사람은 없을걸?"

"그렇지 않아요."

"상냥한 게 아니라──, 분위기를 파악하는 것뿐이야. 상대방하고 부딪히는 걸 두려워하고, 자신의 마음에 대해 말하는 걸 꺼려하고, 일이 커지지 않게끔 「어른스럽게 대처」하고 있을 뿐이니까. 어른스럽게 행동함으로써……, 이런저런 것들을 둘러대고 있을 뿐이야. 주위 사람들을 신경써주는 척하면서 실제로는 자기 생각밖에 안 해."

"……만약에 그렇다 하더라도 저는 그런 선배를 '상냥하다' 생각했어요. 그렇게 생각한 건……, 제 마음이니까요."

나는 말했다.

"제가 좋아하는 사람을 더 이상 욕하지 말아주세요."

"…………."

"아무리 당신 자신이 부정하더라도 당신을 어떻게 생각할지는 제 마음이니까요."

──내가 좋아하는 작품을 더 이상 욕하지 마.
──내게 재미있는 책을 정하는 건──, 나야.
──누가 뭐라 해도 상관없어.
──아무리 작가 본인이 부정하더라도……, 내가 좋아한다고 느낀다면 그게 내가 좋아하는 작품이야.

작년.

꿈에 빠져있다 꿈 때문에 좌절한 나는 암흑 속에 있었다.

멋대로 절망하고, 멋대로 부끄러워하고, 전부 쓸데없고 의미가 없다며 단정짓고는 잘라내려 했던 과거——, 그것을 긍정해 준 게 선배의 말이었다.

자상하고도 엄하게, 그러면서도 정말 따스한 격려.

빛이 바래 새까맣게 되었던 마음에 스며든 한줄기 새하얀 빛.

그날부터 내 마음은 색채를 되찾았다.

다시 한번——, 꿈을 좇아 보자는 생각이 들었다.

시라모리 선배는 자포자기하던 나를 정면으로 마주 봐 주었다.

그러니 나도——, 확실하게 마주 보고 싶다.

그럴싸한 말은 하지 못하더라도 꾸밈없는 말로, 있는 그대로의 진심으로 정말 좋아하는 사람에게 답해주고 싶다.

"……풉. 아하하."

잠시 후 선배는 갑작스럽게 웃었다.

"이건 한 방 먹어 버렸네. 정말……, 후배 주제에 건방지다니까."

"……이럴 때 후배라는 걸 따지면 안 되죠."

"그래. 지금은 후배가 아니라 남자친구니까."

"……시험 삼아 사귀는 거지만요."

"후후. 그랬죠."

행복한 듯이 웃음소리를 흘린 다음———, 꼬옥.

시라모리 선배가 내 등에 팔을 두르고 끌어안았다.

나와 마찬가지로, 또는 그 이상 힘을 주고 마주 안아주었다.

너무 갑작스러워서 심장이 크게 뛰었지만———, 시라모리 선배는 그 움직임을 막으려는 듯이 내 가슴에 시라모리 선배의 가슴을 밀어붙였다.

몸의 밀착도가 좀 전까지와는 전혀 다르다.

내가 포옹했던 건 그냥 흉내에 불과했다고 말하는 것처럼 뜨거운 포옹이었다.

"잠깐……."

"상냥하단 말이지."

당황한 나를 무시하고 시라모리 선배가 혼잣말처럼 중얼거렸다.

녹아내릴 것처럼 달콤한 목소리로.

"신기하네. 쿠로야 군이 그렇게 말하니까 왠지 진짜 같다는 생각이 들어."

그렇게 말한 것과 동시에 포옹이 좀 더 강해졌다.

나는 어떻게 대답해야 할지 몰라서……, 일단 다시 한번 그녀를 껴안았다.

말없이 서로 껴안았다.

프로 작가로 데뷔를 목표로 하는 사람이 이런 말을 해선 안 될지도 모르겠지만……, 상대방에게서 느껴지는 온기가 어떤 말보다 더 마음을 잘 이어주고 있는 것 같았다.

우리는 그대로 10분 남았다는 전화 벨소리가 방에 울릴 때까지 둘이서 계속 껴안고 있었다.

모처럼 처음 노래방에 갔는데 결국 한 곡도 부르지 않았다.

하지만 우리에게는 잊을 수 없고 더할 나위 없이 만족스러운 시간이었던 것 같았다.

○

『미안해, 카스미. 엄마는 이제 너희 두 사람하고는 같이 살 수 없어.』

『정말 미안해.』

『울지 마……, 완전히 헤어지는 건 아니니까.』

『앞으로도 엄마하고 만날 수 있어.』

『엄마도 카스미를 정말 좋아해.』

『그러니까 아버지 말 잘 듣고 착하게 지내렴.』

어머니는 그런 말을 남기고 내 앞에서 사라졌다.

어렸던 나는 '착하게 지내다 보면 언젠가 분명히 어머니가 돌아와 줄 것이다'라고 자신에게 형편 좋게 해석했지만, 전혀 그렇지 않았다.

카즈미와 함께 있는 어머니를 보았을 때——, 강제로 이해하게 되었다.

어머니는 이제 돌아오지 않는다는 것을.

『카스미는 어른스럽고 착한 애구나.』

『카스미는 다른 애보다 어른이구나.』

『카스미가 말을 잘 듣는 애라 정말 다행이야.』

『자, 카스미가 좋아하는 책을 또 사왔단다.』

『항상 놀아주지 못해서 미안하다…….』

『……그래, 고맙다.』

아버지는 그런 식으로 나를 칭찬해 준다.

칭찬받는 건 기뻤고, 게다가 나를 신경 써주지 못하는 걸 미안해하는 아버지를 보는 게 괴로웠기에——, 나는 점점 혼자서 뭐든 할 수 있게 되었다.

손이 안 가는 아이가 되려고 노력했다.

『역시 시라모리 양은 든든하네.』

『카스미에게 맡겨두면 안심이야.』

『시라모리 양은 착실하고 어른스럽지.』

『카스미가 있어주면 도움이 돼.』

『시라모리 양은 우리와는 다르니까.』

『좋겠다, 누구와도 금방 사이좋게 지낼 수 있어서.』

　주위 친구들은 나를 그런 식으로 평가한다.

　분위기를 파악하고 무난하게 나날을 보내고, 다른 사람들이 원하는 자신을 연기하고, 누구와도 나름대로 잘 지내버리는 나를 보고 '어른스럽다' 하고 칭찬한다.

　기쁘지 않은 건 아니지만──, 왠지 순순히 기뻐할 수가 없다.

　왠지 정말 허무해지고 만다.

　원하니까 연기하고, 연기하니까 또 원하고.

　그 반복.

　문제는 아무것도 없을 텐데.

　나만 확실하게 '착한 아이'이자 '어른'으로만 지내면 세계는 무난하고 문제없이 돌아가는데.

　어째서 이렇게 허무한 걸까.

　어째서 이렇게──, 세계의 색채가 희미하게 보이는 걸까.

　어째서 이렇게──, 나 스스로가 얄팍해 보이는 걸까.

어째서, 어째서, 어째서——.

등등.

그런 생각이 머릿속 안쪽에 쭉 있었다.

마음속 한구석에 지우고 지워내도 지워지지 않는 허무함이 달라붙어 있었다.

그렇다.

그와 만나기 전까지는.

센다이역.

"……앗. 전철 가버렸네."

계단을 오르락내리락하며 목적지인 승강장에 도착하자 마침 전철이 떠난 참이었다.

"아슬아슬하게 놓쳐버렸어."

"다음 차는……, 20분 뒤에 오네요."

옆에 있던 쿠로야 군이 스마트폰을 한 손으로 들고 말했다.

다음 전철을 알아봐 준 모양이다.

이렇게 행동이 빠른 걸 보니 아마 처음부터 놓칠 것을 예상하고 있었을 것이다. 준비성이 좋다고 해야 하나, 포기가 빠르다고 해야 하나.

"그럼 앉아서 기다릴까?"

우리는 승강장에 있는 벤치에 나란히 앉았다.

전철이 막 떠나서 그런지 주위에는 아무도 없었다.

주위가 사람과 전철의 시끄러운 소리로 가득 차 있었지만, 저녁놀이 스며드는 승강장에는 뭔가 조용한 분위기가 풍겼다.

"……예정보다 늦어지겠네. 도착하면 뭐라도 먹을까?"

"저는 상관없는데……, 괜찮으신가요?"

"응, 연락만 제대로 하면 괜찮아. 쿠로야 군은?"

"저도 아마 괜찮을 거예요."

"그렇구나."

"네……."

그 이후로 왠지 대화가 끊겼다.

으으……, 껄끄럽다.

노래방을 나선 뒤로 왠지 계속 껄끄럽다.

정말 부끄러운 짓을 해버린 것 같은 느낌이다.

설마──, 허그를 경험해 버리다니.

쿠로야 군이 그렇게 남자다운 일면을 보여주다니.

떠올리기만 해도 얼굴이 뜨거워진다.

하지만 그건──, 보아하니 쿠로야 군도 마찬가지인 모양이다. 나보다 훨씬 더 껄끄럽고 부끄러워하는 것 같기도 하다. 노래방을 나선 뒤로 한 번도 눈을 마주치지 않았다.

끙끙대고 고민하는 모습을 무뚝뚝한 표정으로 열심히 감추려 하는 모습이 너무 알기 쉬워서, 그런 그를 보고 있자니 나는 오히려 마음이 조금 차분해졌다.

"…………."

약간 냉정해진 머리로 노래방에서 했던 대화를 떠올려 보았다.

상냥하다.

쿠로야 군은 나를 그렇게 평가해 주었다.

고맙긴 하지만, 이런 나를 '상냥하다'라고 생각한 건——, 다름 아닌 쿠로야 군 자신이 상냥한 사람이기 때문일 것이다.

상냥하다.

쿠로야 군은 정말 상냥하다.

상냥하고, 섬세하고, 감정이 풍부하고. 평소에는 툭하면 쿨한 척하면서 툴툴거리지만, 사실은 정말 따스한 마음씨를 지닌 남자애.

문득 생각났다.

그가 쓴 소설——, '검은 세계에서 하얀 너와'를.

그 내용은……, 한마디로 설명하기 매우 힘들다.

서툴러서 사회나 학교에 잘 적응하지 못한 아이들이 서투르면서도 필사적으로 발버둥 치고, 노력하면서 앞으로 나아가려 하는 이야기.

억지로 장르를 나누자면 '청춘물'이려나.

본인은 '전혀 팔리지 않았다'라고 하는데……, 솔직히 조금 이해가 된다. 잘 팔리는 노선이라고 하긴 힘든 내용이었고, 제목이나 줄거리의 흡입력도 좀 떨어진다.

아는 사람의 책이 아니었다면 나도 사볼 생각은 하지 않았을 것 같다. 실제로 나는 그 책이 발매되었다는 사실조차 몰랐으니까.

잘 팔리지 않았던 책이고, 빈말로도 대중들에게 잘 먹힐 내용이라고 하긴 힘들다. 문장이나 설정에 유치한 부분이 간간히 보이고, 마지막 결말 부분도 '……어? 이걸로 끝이야?' 하고 어리둥절할 사람도 많을 것이다.

다른 사람에게는 추천하기 힘든 책.

하지만.

내게는──, 꽂혔다.

그의 자상한 이야기에 감명을 받았고, 감동했다.

작가의 인간성과 작품 내용을 한데 엮어서 이야기하는 건 내 주의에 어긋나지만……, 그래도 작가를 알고 있으니 아무래도 같이 엮어서 생각하게 되어버린다.

그의 자상하고 따스한 인간성이 배어든 책이라는 생각이 들었다.

이해하기 쉽지도 않고, 마무리도 시원스럽지 못하다.

단순한 권선징악도 아니고, 통쾌하고 호쾌한 엔터테인먼트도 아니다.

하지만 그것은 뭐라고 해야 할까, 말로 잘 설명할 수는 없지만……, '긍정'이라는 이야기였던 것 같다.

부정이 아니라 긍정하는 이야기.

서투른 사람이 능숙해지는 게 아니라 서투른 채 나아가는 이야기.

잘못된 길로 나아가려 하는 사람을 바로잡는 게 아니라 '세상에서는 잘못된 거라고 하지만 그쪽 길도 재미있을 것 같네'라면서 등을 밀어주는 듯한 이야기.

올바름이나 평범함을 들이대지 않고.

가치관이나 상식을 강요하지 않고.

변화나 성장을 지나치게 미화하지 않는다.

약간 특이한 아이들이 약간 특이한 채로 앞을 보는 이야기.

그다운 작품이다, 나는 그렇게 생각했다.

지금 생각해보니.

이 책을 읽었을 때부터 나는──.

"──시라모리 선배."

그때.

꽤 깊은 생각에 잠겨 있던 나를 현실로 끌어당기는 목소리.

"응? 왜 그래?"

돌아보니 쿠로야 군은 나를 보고 있지 않았다.

말을 걸었으면서 완전히 반대쪽을 보고 있었고.

"……이거."

그렇게 무뚝뚝하게 말하며 작은 종이봉투를 건넸다.

"어……, 이, 이게 뭐야?"

"……선물, 이에요."

당황하면서도 봉투를 받아든 내게 쿠로야 군은 부끄러움을 필사적으로 견디는 듯한 목소리로 말했다. 나는 더더욱 당황했다.

"어? 어? 선물이라니……, 무슨?"

"딱히 특별한 선물은 아닌데요……, 뭐, 마침 사귄 지 한 달 정도가 지나서……, 그걸 기념하는 선물이죠."

"…………."

"……아니, 저기……, 죄, 죄송합니다. 그냥 돌려주세요. 기분 나쁘죠? 겨우 한 달 정도만에 기념이니 뭐니……, 정색할 만도 하죠."

"아앗, 아, 아니야! 아니야! 정색 안 했어! 그냥 놀랐을 뿐이야!"

내가 침묵하자 정색한 걸로 착각한 모양인 쿠로야 군이 당장에라도 울음을 터뜨릴 듯한 표정으로 돌려 달라고 했기에 급하게 부정했다.

정말 놀랐다.

너무 놀라서 말이 잘 나오지 않는다.

"……아, 깜짝 놀랐네. 설마 쿠로야 군이 이런 서프라이즈를 준비해 주다니."

받아든 봉투를 다시 바라보았다.

"이거, 지금 뜯어봐도 돼?"

"……그러세요. 아, 별로 기대하진 말아 주세요. 정말, 전혀, 대단한 게 아니라서……."

매우 겸손해하는 쿠로야 군을 곁눈질하며 봉투를 뜯었다.

"……와아."

안에 들어있던 것은——, 하얀 곰 열쇠고리였다.

하얀 메달 같은 형태였고, 곰 얼굴 실루엣이 그려져 있었다.

사랑스럽긴 하지만 그렇게까지 주장이 강하지 않아서 예를 들어 학교에 갈 때 가방에 달아도 너무 눈에 띄지 않을 정도라 센스가 있는 디자인 같았다.

"귀여워."

"……오델로하고 곰을 모티브로 삼아서 만든 열쇠고리인 모양이에요. 왠지 우리하고 연관이 있는 게 좋을 것 같아서요."

그렇구나.

Illustrations © Hyuuga Azuri

이야기를 듣고 보니 곰 얼굴이 오델로의 하얀 돌처럼 보이긴 했다.

그 흰색과 검은색 돌을 쓰는 보드게임은 우리와 인연이 있는 아이템이긴 할 것이다.

"⋯⋯응? 오델로?"

흰색과 검은색 돌을 쓰는 보드게임.

내가 받은 것은 흰색 곰.

"그렇다면, 설마."

"⋯⋯⋯⋯."

그는 말없이 껄끄러워하며 주머니에서 열쇠고리를 꺼냈다.

내것과 디자인이 거의 똑같지만──, 색만 달랐다.

그가 가지고 있는 것은 검은색 곰 얼굴.

내가 받은 것과 색만 다른 것.

"커플 아이템이야?!"

"⋯⋯⋯⋯."

"호오~, 호오~. 왠지 놀랍네. 설마 쿠로야 군이 이런 걸 선물하다니."

커플 아이템이라든가 커플룩 같은 건 싫어할 줄 알았다.

"⋯⋯죄송합니다, 그냥 돌려주세요. 역시 아니죠, 기분 나쁘죠, 커플 열쇠고리라니⋯⋯."

"아니, 정색 안 했다니까! 기뻐하는 거야!"

정말!

왜 그렇게 움찔거리는 건데!

내가 얼마나 기뻐하는지 느껴지지 않는 거야?

"정말 기뻐. 고마워, 쿠로야 군."

"……벼, 별 말씀을."

"그런데 미안해. 나는 아무것도 준비를 못 했어……."

사귄 지 한 달이라는 건 알고 있었지만, 서프라이즈로 선물을 준비한다는 생각까지는 하지 못했다.

"아뇨, 신경 쓰지 마세요. 그냥, 제가 멋대로 준비한 것뿐이니까."

그렇게 말해줘도 나는 복잡한 기분이다.

실수했네.

정말 미안한 마음과──, 그것과는 별개로 분한 마음도 든다.

으으.

완전히 당했다.

이렇게 기특한 짓을 하다니.

엄청 가슴이 두근거렸다고.

더 좋아져 버렸잖아!

어째서 이 애는 평소에는 좀 믿음직스럽지 못하면서 적극성도 떨어지는 주제에 여차할 때만 팍팍 멋진 행동을 해버리는 거야?!

아까 노래방에서 허그를 한 것도 그렇고!

중요할 때만 정말 멋져!

정말! 정말~~~~!

"……그럼, 최소한이나마 보답을 해줄게."

가슴이 크게 뛰는 것과 동요했다는 것을 들키지 않게끔, 나는 차분한 목소리로 말했다.

천천히 두 손을 뻗어서 그의 얼굴을 만졌다.

양쪽 볼을 살며시 감싸는 듯이 잡았다.

"지금은 이 정도밖에 못 하니까."

"……어, 무슨."

손 안에 있는 그는 눈을 동그랗게 뜨고 당황했다.

나는 눈을 감고 서서히 얼굴을 가져간 다음 입술을 겹치──는 척하면서.

꽈악.

그의 볼을 살짝 꼬집었다.

저번에 부실에서 그랬던 것처럼.

"말랑말랑."

"…………."

"말랑말랑~~."

"……뭐, 뭐헤효? 이헤?"

"응~? 뭐냐니?"

애정을 담은 마사지라고.

나는 말했다.

어미에 하트 마크가 붙을 것 같은 분위기로.

"……그헌가효."

쿠로야 군은 매우 지친 듯한 표정을 지었다.

"어라~? 실망한 것 같은데, 뭔가 다른 걸 기대했어?"

"……따히."

볼을 잡힌 채 삐진 듯이 말하는 그는 왠지 매우 귀여웠다.

……서프라이즈로 선물을 받아놓고, 분하다고 이렇게 놀려 버리는 나는 정말로 성격이 안 좋은 여자일지도 모르겠지만, 도저히 욕망을 억누를 수가 없었다.

미안, 쿠로야 군.

미안하다고 생각하긴 하는데……, 멈출 수가 없어.

"말랑말랑~."

"어, 언제까히 그러힐 헌데혀."

"있지, 있지, 학급 문고라고 해봐."

"그러니하 말 안 한하고효!"

그는 큰 소리로 외치고 나서 억지로 얼굴을 떼어냈다.

자기 볼을 만지면서.

"정말이지……, 시라모리 선배는——, 가끔 엄청 어린애 같네요."

쿠로야 군이 그렇게 말했다.

나는——, 문득 멍해져 버렸다.

방금 들은 말이 무슨 뜻인지 이해하는 데 시간이 좀 걸렸다.

아마 처음 들은 말이었기 때문일 것이다.

"……어린애 같아? 내가?"

"네, 엄청나게 어린애 같은데요."

"다들 '어른스럽다'라고 자주 말하곤 하는데."

"다들 외모와 분위기에 속고 있는 거 아닌가요? 별것 아닌 장난을 자주 치고, 사람이 곤란해하는 모습을 싱글거리면서 즐기고……, 그냥 어린애라고요, 어린애."

부끄러워하는 표정으로 삐진 듯이 말하는 쿠로야 군.

아마 뭔가 의도가 있거나 그런 건 아닐 것이다. 내가 놀린 게 분해서 발끈하며 따지고 있을 뿐.

하지만 그렇게 별 생각 없이 한 말이기 때문에——, 꾸밈 없는 본심이기 때문에 내 마음속 깊은 곳에 깊숙이 꽂혀 버렸다.

처음에는 이해하지 못했던 말이 서서히, 서서히, 녹아들어서 마음에 스며들기 시작했다.

"……그렇구나아. 그럴지도 모르겠네."

나는 무심코 웃어버렸다.

"쿠로야 군 앞에서만큼은 어린애처럼 되어버리는 건지도 모르겠네에."

"……그게 무슨 의미인데요?"

"여러 가지 의미."

내가 그렇게 말하자 쿠로야 군은 의아해하는 표정을 지었다. 아마 내가……, 더할 나위없이 행복한 듯한 표정을 지어버렸기 때문일 것이다.

어렸을 때부터 계속——, 어른스러웠다.

어른이 되고 싶다고 생각했고, 주위에서도 그걸 요구했다.

억지로 발돋움을 하면서까지 어른스럽게 행동하자고 생각하며 살아왔다.

그렇게 살아온 방식이 전부 잘못된 거라 생각하진 않는다.

주위에서 '어른스럽다'라고 말해주는 게 기쁘지 않은 것도 아니고, 복잡한 사정이 있는 가족들에게 '어른스럽게 대처하고 있는' 나 자신이 전부 잘못된 거라 생각하지도 않는다.

하지만.

그런 내게도 '어린애 같은' 부분이 있었던 모양이다.

나 자신도 눈치채지 못하고 있던 그런 부분을 쿠로야 군이 찾아내 줬다.

아니면——, 그와 만남으로써 생겨난 새로운 나 자신일까.

어른스럽게 살아가고 있는 나도 쿠로야 군과 함께 지내는 동안은 아무래도 그냥 어린애가 되어버리는 모양이다.

좋아하는 애라서 무심코 놀려 버리는, 어디에나 있는 평범한 어린애가.

데이트를 하고 돌아온 날 밤──.

전화 한 통이 걸려왔다.

잠시 데이트의 여운에 젖어있고 싶은 기분이긴 했지만, 불평할 수는 없을 것이다. 그쪽은 완전히 선의로 해주고 있으니 내가 상대방의 상황에 맞춰주는 게 당연하다.

『──신경 쓰인 건 그 두 부분 정도야. 뭐, 정말 사소한 점이고 내가 개인적으로 신경 쓰인다는 정도니까 고칠지 말지는 쿠로야 군의 판단에 맡길게.』

내 방에서 노트북 앞에 앉아있던 나는 전화기에서 들린 목소리를 듣고 안심하며 가슴을 쓸어내렸다.

상대방은──, 우미카와 레이크 선생님.

여러 출판사에서 10년 가까이 글을 써온 베테랑 작가이고, 소설뿐만이 아니라 만화 원작이나 게임 시나리오 같은 것들도 쓰면서 다방면으로 활약하고 있다.

내게는 유일하다고도 할 수 있는 프로 작가 지인.

중학교 시절──.

인터넷에 올렸던 소설이 출판사로부터 스카웃을 받아서 나는 프로 작가로 책을 내게 되었다.

하지만 그 데뷔작은──, 폭사.

절찬만 해댔던 담당 편집자도 매출을 알게 된 순간에 손

189

바닥을 뒤집고는 나를 전혀 상대해 주지 않게 되었다.

한번은 절필을 결심했지만, 이런저런 일이 있었기에——, 작년 문화제가 끝났을 때쯤부터 다시 소설을 쓰기 시작하고 있었다.

다시 한번, 프로를 목표로 하자고 생각했다.

그런 내가 지푸라기라도 잡는 심정으로 부탁한 사람이 우미카와 선생님이었다.

"그럼 3장도 전체적으로는 문제가 없다고 생각해도 될까요?"

『그래. 전체적인 흐름은 전혀 문제가 없어. 재미있던데.』

"감사합니다. 지적해 주신 두 부분은 저도 다시 한번 검토하면서 뒷이야기를 써보겠습니다."

지금 나는 우미카와 선생님에게 소설을 첨삭받고 있다.

다시 한번 책을 내고 싶다는 마음을 털어놓으며 의논해 보니 친분이 있는 편집부를 소개해 주기로 했다.

'자기가 납득할 만한 퀄리티를 지닌 작품을 쓰면'이라는 조건부로.

그 이후로 나는 계속 우미카와 선생님에게 원고를 봐달라고 하고 있다.

우선 플롯을 제출하는 것부터 시작해서 몇 번이나 퇴짜를 맞으며 겨우 원고 집필에 들어갈 수 있었다.

퇴짜 지옥이었던 플롯 단계에서 작품을 꽤 잘 다듬은 덕분인지 원고에 들어가고 나서 고친 부분은 별로 없다.

제1장을 몇 번 고쳤을 뿐, 2장, 3장은 거의 고친 부분이 없다.

착착——, 원고를 완성해 나가고 있다.

"4장은 이미 쓰기 시작했으니 이번 달 말까지는 보내드릴 수 있을 것 같아요."

내가 의기양양하게 말하자.

『……그거 말인데.』

우미카와 선생님은 약간 껄끄럽다는 듯이 말했다.

『이제 뒷이야기는 안 보내도 돼.』

"……네?"

『슬슬 그만둘 때가 된 것 같아서. 네 소설을 이렇게 첨삭하고, 지도하고, 편집자 흉내를 내는 것도 말이지.』

"…………."

『요즘 또 좀 바빠지기 시작했거든. 시간을 내는 게 꽤 힘들어지기 시작했어. 첨삭이든 지도든 조잡하게 할 거면 그냥 하지 않는 게 나을 테니까 이쯤에서 딱 끝내자 싶거든.』

"……그렇, 군요."

맥이 빠진 듯한 대답밖에 나오지 않았다.

솔직히 예상했던 것보다 충격이 더 컸다.

목적지를 향해 착착 올라가던 도중에 갑자기 사다리가 치워진 듯한 상실감이 들었다.

하지만——, 화가 치밀어 오르지는 않았다.

오히려 당연하다는 생각조차 들었다.

지금까지가 이상했던 거다.

이상할 정도로 내게 형편이 좋았다.

본인은 '자선사업이 아니다. 내게 이익이 있으니까 할 뿐이다'라고 위악적으로 말해 주었지만, 실제로는 자선사업 그 자체였다.

돈 한 푼도 안 되는데 나 같은 신인 작가를 돌봐준다. 플롯을 짜는 단계부터 첨삭과 지도를 반복했다.

아무리 상대방의 사정 때문에 갑자기 그만두게 되었다 하더라도 불평할 수는 없다.

내가 할 말은 감사밖에 없다.

"……알겠습니다. 지금까지 정말 감사합니다."

『하하하. 괜찮아. 그렇게까지 어려워할 필요는 없어.』

"힘들지도 모르겠지만……, 앞으로는 어떻게든 혼자 열심히 해볼까 해요. 작품이 완성되면 어디 신인상에라도 응모해서 처음부터 다시 시작하는 마음으로——."

『……어? 혼자? 신인상?』

우미카와 선생님은 이상한 목소리로 말했다.

잠시 생각에 잠긴 듯한 침묵이 흐르고 나서.

『아~, 미안, 미안. 내가 말을 좀 이상하게 했구나.』

　그렇게 급하게 덧붙여 말했다.

『혹시……, 내가 쿠로야 군을 못 쓰겠다며 저버린 거라고 생각한 거야? 원고 체크도 내팽개치고, 편집부를 소개해 준다는 약속도 없었던 일로 하자고 말이야.』

　"어……, 아뇨, 뭐."

『아하하. 그렇게 무책임한 짓은 안 해. 그만두겠다고 한 건 어디까지나 내 편집자 놀이야.』

　우미카와 선생님은 말했다.

『앞으로는 내가 아니라──, 제대로 된 현직 편집자하고 함께 작품을 만드는 게 나을 거야.』

　"제대로 된, 현직……, 그러니까."

『소개해 줄게. 편집부. 내 이름으로, 내 연줄로, 너를 추천할게.』

　우미카와 선생님은 말했다.

　나는 멍해져서 말문이 막혀버렸다.

『뭐야, 기쁘지 않아?』

　"……기, 기쁘긴 한데요, 너무 갑작스러워서……. 아니……, 소개해 주시는 건 우미카와 선생님께서 납득할 만한 원고를 완성시키고 나서라고……."

『그럴 생각이었는데, 더 이상 내가 하나하나 첨삭해 줘봤자 소용이 없을 것 같거든. 플롯이나 제1장은 꽤 많이 고쳤지만, 요즘은 거의 고치지도 않잖아?』

그렇긴……, 했다.

제2장, 제3장은 크게 고친 부분이 없었다.

오늘 지적받은 부분도 '설명이 좀 부족하니까 문장을 추가해서 알아보기 쉽게 하는 게 낫겠다' 정도다.

『최근 반년 동안 쿠로야 군은 실력이 많이 늘었어. 내가 가르쳐 줄 수 있는 건 상업적인 마케팅 이야기하고 기술론적인 부분밖에 없었는데……, 가르쳐 준 걸 있는 그대로 흡수해 주니 가르쳐 주면서도 즐거웠고.』

"아뇨, 그렇진 않아요."

『하지만――, 그렇기 때문에 이제 즐거운 놀이는 끝내야겠지.』

"놀이……."

『놀이야. 내게는 말이지.』

우미카와 선생님은 왠지 자조하는 듯이 말했다.

『아무런 책임도 없고 부담도 없는 입장에서 거만하게 선의를 베풀면서 가르쳐 준다는 건 꽤 괜찮은 즐길 거리거든? SNS 같은 곳에 넘쳐나잖아? 부탁한 사람도 없는데 멋대로 조언하기 시작하는 녀석.』

"…………."

이해가 안 되는 이야기는 아니었다.

아무런 책임도 없는 입장에서 일방적으로 조언하는 건 기분이 좋을 것 같긴 하다.

그렇다면 우미카와 선생님에게 내 원고에 대한 첨삭이나 지도가 오락적인 측면이 있었을지도 모른다.

그래도──.

"만약에 우미카와 선생님께서 숨을 돌리려고 즐기신 거라도 제게는 정말 감사한 일이었어요."

『그렇게 말 해주니 기쁘네. 그래도 말이지, 이건 역시 놀이에 불과해. 보수도 없고 책임도 없는 일은 아무리 열심히 해봤자 놀이의 영역을 벗어나지 못하고.』

"…………."

『쿠로야 군이 프로로서 한 번 더 해나가고 싶다면 계속 나와 함께해선 안 돼. 확실하게 책임감을 가지고 프로페셔널한──, 진짜 편집자하고 2인 3각으로 작품을 만들어 나가는 게 좋을 거야.』

약간 강한 말투로 말한 다음.

『뭐, 그건 그렇고……, 완성 원고를 들고 찾아가도 편집부 쪽에서 곤란한 부분도 있단 말이지. 레이블이나 담당 편집자에 따라 판매 전략도 바뀌니까 이른 단계에서 담당 편집자가 붙는 게 좋을 거야.』

그렇게 농담하듯이 덧붙여 말했다.

나는 상대방이 한 말을 받아들인 다음 조용히 고개를 끄덕였다.

  "앞으로는 소개해 주시는 편집부와 함께 해볼게요."

  『그러는 게 나을 거야.』

  "저기……, 지금까지 정말 감사합니다. 이 은혜는 언젠가 반드시 갚겠습니다."

  『아하하. 호들갑을 떠네. 뭐, 언젠가 네가 대작가가 되어서 은혜를 갚을 날을 기대할게. 진심으로 말이지.』

  농담처럼 말하는 우미카와 선생님.

  만약에 농담이라 하더라도 마지막에 덧붙여 말한 '진심으로'라는 말이 기뻤다.

  『신작이 완성되고 출판되는 걸 기대하지. 한 명의 동업자(라이벌)로서——, 그리고 중간까지 읽었던 한 명의 독자로서 말이야.』

  "……네."

  우미카와 선생님이 격려해준 말을 곱씹으며 힘차게 외치는 듯이 대답했다.

  『그리고 소개해 줄 편집부 말인데……, 사실 이미 이쪽에서 어느 정도 이야기를 해두었거든.』

  "어……, 그, 그러셨군요."

  『나중에 보고하는 것처럼 된 것 같아 미안하군. 괜히 말했다가 실망할지도 모르니까 잠자코 있었는데⋯⋯, 친분이 있는 편집자에게 예전부터 쿠로야 군에 대해 이야기를 했었거든. 플롯이나 제3장까지의 원고도 이미 넘겼어.』

"⋯⋯⋯⋯."

『평가도 좋던데. 꼭 같이 일을 하고 싶다더라.』

"저, 정말로요?"

『그 사람은 내가 아는 편집자 중에서는 실력이 꽤 좋은 사람이니까 담당 편집자로서 문제는 없을 거야. 하지만 이런 건 해봐야만 아는 거거든. 결국 담당 편집자와 작가는 상성이니까. 어떤 작가에게는 은인인 편집자가 어떤 작가에게는 부모의 원수처럼 증오스러운 존재라는 건 자주 있는 일이야.』

"⋯⋯⋯⋯."

알고 있다.

나는 분명히 저번 담당 편집자와는 맞지 않았다.

솔직히 그는 싫고, 증오 같은 감정도 전혀 없는 건 아니다.

하지만──, 그런 사람과도 잘 맞는 작가가 있다. 그와 함께 일을 하고 히트를 친 작가는 잔뜩 있다.

어차피 선악 같은 건 보는 사람에 따라 달라진다.

누군가에게 은인은 누군가에게 원수일지도 모르는 게 세상일이다.

『누구에게나 최고인 편집자는 아마 이 세상에 없을 거야.』

"…………."

『뭐, 그 반대……, 누구에게나 최악인 편집자는……, 안타깝게도 극히 소수 존재하지만.』

"……아하하."

웃을 이야기가 아니지만, 웃을 수밖에 없는 이야기이기도 했다.

우미카와 선생님은 헛기침을 한 번 하고 나서 다시 본론으로 들어가자는 듯이 말했다.

『쿠로야 군이 저번 담당 편집자와 잘 해내지 못하고 쓴맛을 봤다는 건 알고 있어. 그러니까, 너무 긴장하지 말고 해줬으면 해. 내가 소개해 줬으니까 거절할 수가 없다, 그런 생각은 안 해도 되니까. 안 맞는 편집자와는 바로 관계를 끊어. 앞으로 이 업계에서 오래 살아남을 비결이야.』

"……아, 알겠습니다."

『뭐, 그녀하고 일하면 그렇게 나쁘진 않을 거야. 크리에이터를 정말 소중하게 여겨주는 편집자니까.』

"어……, 그, 그녀?"

『응?』

"그 분……, 여, 여자인가요?"

『그런데……, 무슨 문제가 있나?』

"아뇨, 문제가 있는 건 아닌데요……."

『의외로 많아, 여자 라이트노벨 편집자. 여자가 편집장인 레이블도 있는데.』

"네에……."

『……혹시 담당 편집자가 여자면 껄끄럽다는 거야?』

"그, 그런 게 아니라……. 뭐라고 해야 하나, 그……, 이번 신작은 좀 야한 장면도 있잖아요. 운 좋게 벌어지는 서비스신 같은 장면……. 그런 걸 여자 편집자가 읽고 이것저것 지적하는 건……, 왠지 엄청 창피할 것 같아서요……. 상대방이 '이 녀석, 동정이 망상한 것 같은 에로 씬을 쓰는구나'라고 생각하면 살짝 죽고 싶어질 것 같은데……."

『……푸핫.』

웃음소리가 크게 터져나왔다.

『하하하. 꽤, 괜찮아. 상대방도 프로니까. 양쪽 다 일로 하는 거니까 부끄러워할 건 없어.』

"그, 그건 알고 있지만요."

『후후후……, 뭐야, 뭐야, 갑자기 사춘기 같은 말을 하네, 쿠로야 군. 말투나 태도가 착실해서 깜빡 잊었는데……, 그러고 보니 너, 아직 고등학생이었지.』

우미카와 선생님은 매우 재미있다는 듯이 웃어댔다.

으음~. 역시 자의식과잉인 건가? 그렇겠지, 야한 장면을 묘사한 라이트노벨 작가는 잔뜩 있으니까, 부끄럽지 않겠지?

『여자라고 해도 너보다 훨씬 연상이고 꽤 큰 아이도 있는 사람이니까. 착실한 성인 여성이니 쓸데없이 의식할 필요는 없을 거야.』

"네에……."

『신경 쓰이는 점이 그런 거밖에 없다면 문제는 없겠지. 그쪽에 연락해 둘 테니까 자세한 이야기는 그녀하고 해줘.』

우미카와 선생님이 소개해준 편집자 분은 엄밀하게 따지면 편집자가 아닌 모양이다.

특정한 출판사 레이블에 소속되어 있는 게 아니라 이른바 에이전트 회사에 소속되어 있는 사람이라고 한다.

『요즘 조금씩 늘어나고 있거든, 전 편집자가 독립해서 만든 에이전트 회사. 간단히 말하자면……, 계약한 작가의 매니지먼트를 하는 회사야. 출판사나 게임 회사, 기타 외부 교섭의 창구가 되어주거나, 스케줄을 조정하거나. 그렇게 작가가 보다 편한 환경에서 일을 할 수 있게끔 포괄적인 매니지먼트 업무를 맡아주는 곳이 에이전트 회사지.』

그렇다고 한다.

『쿠로야 군은 아마 이런 회사하고 에이전트 계약을 맺고 집필 이외의 업무를 대행해 달라고 하는 게 성격에 맞을 거야. 나처럼 외부와 교섭을 전부 직접 하고 싶은 타입이라면 필요가 없지만, 그런 건……, 딱히 하고 싶진 않지?』

물론이다.

하고 싶을 리가 없다.

에이전트 계약을 맺으면 계약 내용에 따라 출판 인세에서 매니지먼트료가 차감되는 형태가 되는 모양이지만……, 나처럼 인맥이 전혀 없는 신인 작가 같은 경우, 그런 회사의 힘을 빌릴 수 있다면 매우 도움이 된다.

뭐……, 그걸 악용해서 업계의 상식도 잘 모를 것 같은 신인 작가에게 '이게 업계의 상식이야'라고 하면서 부조리한 계약을 맺게 하는 악질 에이전트 회사도 존재하지만……, 우미카와 선생님이 소개해 줬으니 믿을 수 있다.

그 회사 자체는 나도 이름을 알고 있을 정도니까.

예전에 대규모 라이트노벨 레이블에 있던 카리스마 편집자가 독립해서 세웠다고 해서 라이트노벨 업계에서는 유명한 에이전트 회사다.

『일단 그녀의 중개를 통해서 어떤 출판사에서 책을 내는 형태가 좋겠지. 곧바로 계약을 해야 하는 것도 아니고, 계약할 때도 방식은 여러 가지니까. 뭐, 만에 하나 뭔가 문제가 생길 것 같으면……, 소개한 내게도 책임이 있으니까 언제든지 말해 줘.』

우미카와 선생님은 마지막까지 친절하게 대해 주었다.

정말……, 너무 좋은 사람이잖아.

놀이나 즐길 거리라고 위악적인 말만 했지만, 아무리 생각해도 진짜 선행인 것 같다. 언젠가 반드시 은혜를 갚고 싶다. 은혜를 갚을 수 있을 정도로 훌륭한 프로 작가가 되고 싶다.

그리고.

전화를 마치자 우미카와 선생님이 연락한 건지 곧바로 그 편집자 분이 내 주소로 메일을 보냈다.

전형적인 문구로 두세 줄 인사를 나눈 다음——, 놀랍게도 그쪽의 제안에 따라 곧바로 통화를 하게 되어버렸다.

전화번호를 적은 메일을 보낸 다음, 긴장하면서 몇 분 동안 기다리자.

스마트폰으로 전화가 왔다.

"여, 여보세요."

『늦은 시간에 실례합니다. 쿠로야 소키치 선생님 전화 맞을까요?』

차분한 여자 목소리였다.

정중한 태도, 그리고 조용하지만 부드러운 목소리.

"네, 맞습니다. 쿠로야라고 합니다."

『처음 뵙겠습니다, 쿠로야 선생님. 저는──.』

『──저기, 마마~.』

갑작스러웠다.

전화기에 다른 목소리가 끼어들었다.

마마라고 부르는 걸 보니 아마 딸인 것 같다.

우미카와 선생님도 아이가 있다고 했으니까.

『앗……. 자, 잠깐만 기다려! 지금 일 때문에 통화하고 있으니까!』

『아, 그래? 뭐, 대단한 일은 아니니까 상관없는데. 그냥 복도에 마마 거 팬티가 떨어져 있었을 뿐이니까.』

『꺄아아아악?! 어, 어어?! 왜 내 팬티가 떨어져 있는데?!』

『좀 전에 빨래를 옮기다가 떨어뜨린 거 아니야?』

『아~, 그렇구나──가 아니라! 통화 중이라고 했잖니! 왜 팬티 같은 말을 하는 거야!』

『어차피 안 들릴 텐데.』

『만약에 들리면 어떻게 하려고!』

『아니, 내가 아니라 마마 목소리 때문에 들킬 것 같거든.』

『……어, 어어?!』

이상한 목소리로 소리치는 편집자 분.

솔직히 말해서……, 따님 말이 맞았다.

따님 목소리는 멀리서 들린 거라 잘 알아들을 수가 없었지만……, 편집자 분의 목소리가 커서 사정을 전부 파악해 버렸다.

복도에 팬티가 떨어져 있었던 모양이다.

『아, 아무튼, 저리 가 있으렴!』

『네, 네~. 죄송합니다~.』

따님 분을 내친 다음.

『……죄, 죄송합니다, 쿠로야 선생님. 이것참 꼴사나운 모습을…….』

그렇게 정중히 사과했다.

『전 집에서 일을 하고 있어서요……, 가끔 이런 실수를 해 버릴 때가…….』

"아, 아뇨……, 저는 전혀……. 방금 그 분은 따님인가요?"

『맞아요. 지금 고등학교 1학년이거든요.』

"고등학교 1학년……, 그럼 저랑 비슷하네요."

『그렇겠네요. 쿠로야 선생님은 정말 젊으시니까요.』

그녀는 절실한 목소리로 말했다.

빈말로 칭찬하는 건가 싶었는데.

『……그렇구나, 내가 기어코 딸하고 비슷한 또래 작가분을 담당하게 되어버렸구나. 예전에 유명한 선생님의 담당을 맡게 되었을 때 '딸하고 비슷한 나이인가'라고 하면서 코웃음 치길래 정말 분했는데……, 그랬던 내가 이번에는 부모 쪽인가……. 이 업계는 정말 회전이 빠르니까 요즘은 담당을 맡게 되는 사람들이 점점 젊어지는데……, 기어코, 기어코 딸하고 비슷한 또래 작가분이…….』

그렇게 혼잣말처럼 계속 말했다.

빈말이 아니라 시간의 잔혹함 때문에 울적해진 영혼의 외침이었던 모양이다.

『──혁. 죄, 죄송합니다. 계속 꼴사나운 모습만 보여드리네요.』

"아뇨……, 저기, 기운 내세요."

『……네. 기운 내서 열심히 하겠습니다.』

눈물을 참는 듯한 목소리로 말한 다음.

『그럼……, 뒤늦게나마 중간에 하다 만 자기소개를 계속하겠습니다.』

그녀는 그렇게 다시 본론으로 들어가겠다는 듯이 말했다.

그리고 좀 전에 가로막혔던 인사가 들렸다.

『전 주식회사 '라이트쉽' 소속──, 카츠라기 아야코라고 합니다.』

내 새로운 담당 편집자 분은 아이를 둔 엄마인 모양이었다.

카츠라기 씨와 첫 전화 회의는 겨우 한 시간 정도만에 끝났다.

여기서 중요한 건 내가 '겨우'라고 생각한 점인 것 같다.

내가.

아싸이면서 커뮤니케이션 장애가 있고 처음 이야기하는 상대와 통화를 하는 걸 스트레스로만 여기는 내가 한 시간이나 되는 통화를 '겨우'라고 생각한 것이다.

그 정도로 시간이 눈 깜짝할 새에 지나간 것 같았다.

자기소개와 잡담도 하면서 느슨하게 회의를 하긴 했지만, 그럼에도 불구하고 유익하고 밀도 있게 진행해서 매우 생산적인 회의를 한 것처럼 느껴졌다.

물론 그건 내 덕분이 아니라——, 카츠라기 씨의 인격과 화술……, 나아가서는 편집자로서의 실력 덕분일 것이다.

역시 우미카와 선생님이 '실력이 꽤 좋다'라고 할 만한 편집자다.

뭐, 겨우 한 시간 회의를 한 것 가지고 뭘 알 수 있겠냐는 느낌도 있고, 애초에 나처럼 경험이 별로 없는 신인은 편집자가 괜찮은 사람인지 아닌지 판단할 수가 없겠지만——, 그래도.

단적으로 그녀와 한 회의는 즐거웠다.

수정 지시가 명확했고, 내 의견도 확실하게 물어봐 주었다. 칭찬해 줬으면 하는 부분은 호들갑을 떠는 것 같을 정도로 칭찬하고, 안 좋은 부분은 확실하게 안 좋다고 말했다.

솔직히 따님 분이 난입했을 때는 약간 '저, 저기요……'라고 생각하기도 했지만, 그런 인상은 회의가 시작한 지 10분 만에 완전히 바뀌었다.

편집자로서의 그녀는 정말로 실력이 좋은 것 같다.

'이 사람과 함께 해나가고 싶다' 생각이 드는 사람이었다.

무엇보다 기뻤던 건 그녀가 내 데뷔작인 '검은 세계에서 하얀 너와'를 읽어 주었다는 점이다.

호의적인 감상을 말해준 것도 기뻤고, '전작을 읽어 줬다는 건 그만큼 나와 일하는 것에 대해 진지하게 생각하는 건가'라는 기대도 부풀었다. 뭐, 그걸 노리고 계산적으로 읽은 건지 의심도 들었지만, 솔직하게 기뻐할 생각이다.

하지만.

나도 변했구나, 그런 생각이 들었다.

데뷔작에 대한 감상을 듣고 솔직하게 기뻐하다니.

예전의 나였다면——.

그 책의 감상 같은 건 어떤 감상이든 받아들이지 않았을 것이다. 비판은 물론이고 칭찬도 알러지처럼 거부했을 것이다. 어떤 말로 칭찬하더라도 믿지 못하고 자학하며 도망쳤을 게 분명하다.

하지만 지금은 다르다.

아주 약간, 솔직해질 수 있게 되었다.

작품의 칭찬에 솔직하게 기뻐할 수 있게 되었다.

그건 분명히——, 시라모리 선배 덕분일 것이다.

그녀와 만나지 않았다면 지금도 데뷔작은 내게 흑역사였을 것이고, 내용에 대해 언급하기만 해도 답답해졌을 것이다.

그러니 다른 말로 하자면 오늘 회의가 잘 풀린 것은 시라모리 선배 덕분이라 해도 과언이 아닐 것 같은데——.

"……아니, 왜 결국 마지막에는 시라모리 선배를 생각하는 건데."

셀프 태클.

으음~.

내가 생각해도 한심하기도 하고, 부끄럽기도 하고.

이래선 '누구랑 있어도 나를 생각해 버리는구나'라는 말에 받아칠 수가 없겠는데.

"……에휴."

숨을 내쉰 다음 생각을 다잡았다.

할 일은——, 잔뜩 생겼다.

원고를 마저 써야만 하고, '라이트쉽'과의 에이전트 계약에 대해서도 생각해봐야 한다. 미성년자인 나는 최종적으로 부모님의 동의가 필요한 것 같으니 언젠가 타이밍을 봐서 부모님에게도 이야기를 해야 한다.

　……괜찮을까?

　우미카와 선생님하고 연락을 주고받으며 몰래 소설을 쓰고 있다는 건 부모님에게는 비밀로 하고 있다.

　내가 다시 소설을 쓰겠다고 하면 부모님은 반대할지도 모른다.

　왜냐하면 중학교 때……, 나는 상업 소설로 실패해서 한동안 정신적으로 꽤 불안정했다. 등교거부를 하면서 방에 틀어박혀 있었을 정도다.

　당시에는 정말로 가족에게 걱정과 폐를 끼쳐버렸다.

　그런 내가 다시 프로로서 책을 내려 한다는 걸 알게 되면……, 역시 부모님은 반대하는 게 당연할 것이다.

　하지만.

　만약에 반대하더라도——, 어떻게든 설득해 보자.

　이미 이 마음은, 이 의욕과 열정은 막을 수 없을 것 같다.

　빨리.

　한시라도 빨리 이야기를 완성시키고 싶다.

　이 마음이 뜨거울 때 써두고 싶다.

　그리고——, 읽어 줬으면 좋겠다.

　많은 독자들이.

　무엇보다 이 세상에서 제일 좋아하는 그녀가——.

"……좋았어."

나는 새롭게 결의를 다지고 소설을 마저 쓰기 위해 노트북 앞에 앉──지 않고 잘 준비를 하기 시작했다.

그래도 오늘은 시간이 너무 늦었다.

열정이 아무리 넘치더라도, 밤을 새며 글을 쓰는 짓은 하지 않는다. 밤을 새는 건 다음 날 집중력 저하를 고려하면 확실하게 효율이 안 좋은 짓이다. 밤에는 잔다. 규칙적인 생활을 한다. 작가처럼 자유로운 직업일수록 건강한 생활을 해야 한다고 트위터 같은 곳에서 많은 선배 작가들이 말하고 있다.

잠옷으로 갈아입고 양치질을 한 다음, 화장실에 갔다가 내 방으로 돌아와 내일 방송 예정인 국민적인 일요일 아침 미소녀 애니메이션 '러브 카이저' 예약을 확인하고 이제 자기만 하면 되겠다고 생각했을 때──.

놀랍게도 스마트폰에 메시지가 왔다.

상대방은──, 우쿄 선배.

사교적인 인사도 하지 않고, '이렇게 늦은 시간에 미안해'라는 사과도 하지 않고, 단적인 질문만 와 있었다.

『쿠로야, 너, 내일 시간있냐?』

"……우와."

나왔네.

제일 하지 말았으면 하는 질문 방식이다.

시간이 있냐고 물어볼 때는 우선 먼저 용건을 말해줘. 시간이 있을지 여부는 용건에 따라 달라지니까. 분명히 그러는 게 나을 거라니까. 시간이 있지만 거절하고 싶은 용건일 때는 '죄송합니다, 볼일이 있어서 시간을 낼 수가 없네요'라고 거짓말로 거절하게 해줘. 분명히 그러는 게 양쪽 모두에게 도움이 될 거라고.

뭐 이번 같은 경우에는……, 용건은 대충 알고 있지만.

으아, 어떻게 하지?

십중팔구……, 아니, 100퍼센트 토키야 때문이겠지.

두 사람 사이가 잘 풀리게끔 작전 회의 같은 걸 하자고 하는 거겠지.

으엑……, 귀중한 일요일을 그 선배에게 바쳐야만 하는 거야?

"……으아~."

몇 초 동안 고민한 다음, 나는 이렇게 답장을 보냈다.

『시간은 있는데요, 왜 그러세요?』

이유는 이것저것 있지만……, 굳이 한 가지를 들자면 죄

211

책갈피일 것이다.

　우쿄 선배의 연애를 비밀로 하겠다는 약속을 나는 곧바로 어겼다. 그날 바로 시라모리 선배에게 말해 버렸다.

　후회하는 건 아니지만, 뭐, 미안하다고는 생각한다.

　그렇다면 휴일에 불러내는 것 정도는 감수하자.

　몇십 초 뒤에 우쿄 선배가 빠르게 답장을 보냈다.

　내용은 거의 예상한 대로였다.

『좋아!

그럼 13시에 저번에 갔던 노래방에서 모이자!

작전 회의하자고!』

　그렇게 내 귀중한 휴일은 우쿄 선배의 연애를 응원하기 위해 바치게 되어버렸다.

　나는 약간 울적한 기분으로 침대에 누웠다.

　그때는——, 상상하지도 못했다.

　설마 이 작전 회의 때문에——, 나와 시라모리 선배 사이에 금이 가게 되어버릴 줄이야.

휴일이 지나가고 월요일.

쿠로야 군하고 첫 데이트를 한 다음 이틀이 지난 월요일.

나는 평소처럼 학교로 향했다.

"…………."

어이쿠.

안 되겠어, 안 되겠어.

긴장을 풀면 볼이 실룩거릴 것 같아.

데이트를 떠올리고 행복한 감정이 표정에 드러날 것 같다.

하아……, 좋았지.

이것저것 예상하지 못했던 일도 있었지만, 결과적으로는 최고의 데이트였던 것 같다.

행복하고, 고귀하고, 무엇과도 바꾸기 힘든, 단 하나뿐인 시간이었다.

정말……, 나를 이렇게 행복하게 만들어 놓고, 왜 정작 본인은 약간 자신 없어 하는 건지.

뭐. 그런 부분이 좋다……고 해볼까?

"여, 카스미."

그때.

추억에 젖어 있자니 입구에서 누군가가 어깨를 살며시 두드렸다.

"안, 좋은 아침이야."

"그래. 카스미, 무슨 일이야? 아침부터 행복한 듯한 표정인데."

"어? 그런 표정이었어? 그냥 평범해, 평범."

태연한 척하면서 둘러댔지만 마음 속으로는 가슴이 두근거렸다.

이런, 이런.

그렇게 얼굴에 드러났나?

표정을 만들어 내는 건 능숙하다고 생각했는데——, 허무한 감정이나 슬픈 감정은 잘 숨기는 주제에 행복한 감정을 숨기는 것만은 정말 서투르다.

"응? 이게 뭐야?"

안이 내 가방을 보고 말했다.

그녀가 바라본 곳에 있던 것은——, 하얀 곰 열쇠고리.

토요일 데이트 때 쿠로야 군이 선물해 준 것.

참지 못하고……, 나도 모르게 달아 버렸다.

게다가 학교용 가방처럼 제일 눈에 띄는 곳에.

마치 주위 사람들에게 자랑하려는 듯이.

에휴.

내가 생각해도 너무 들뜬 것 같아서 좀 창피하다.

뭐, 아마도 쿠로야 군은 안 달고 올 테니까 이것 하나만으로는 그하고 커플 열쇠고리라는 건 들키지 않겠지.

쿠로야 군도 눈에 띄는 곳에 달고 와버린다면……, 그때 가서 생각하고.

"카스미, 이런 걸 달고 다녔던가?"

"음~, 그래. 주말에 새로 산 거."

"흐음, 귀여운데."

"고마워, 고마워. 안은 주말에 뭐했어?"

"나? 나는 뭐……, 유익한 휴일을 보냈지."

둘러대는 듯이 말하는 안.

뭐……, 사실 알고 있지만.

어제 쿠로야 군이 연락했다.

'안 선배가 불러서 오늘은 선배를 만나고 올게요'라고.

안을 만나는 건 신경 쓰지 않는다고 했는데, 그래도 그렇게 일일이 연락하다니……, 정말, 꼼꼼하다니까.

바람을 피우는 거라고 생각하진 않는데.

나는 그렇게 속이 좁은 여자친구가 아닌데.

안하고 단둘이서 만나는 것 정도는 전혀 걱정이……, 뭐, 걱정이 안 된다고 하면 거짓말일지도 모르겠지만. 사실은 약간 답답한 마음도 있긴 하지만──, 그래도.

쿠로야 군이라면 믿을 수 있다.

그리고……, 친구로서 안의 연애도 잘 풀렸으면 하니까.

"그렇구나~, 유익한 휴일을 보냈다니 다행이네."

적당히 말을 맞춰준 다음 둘이서 신발을 갈아신고 3학년 교실로 향했다.

"아, 맞다, 맞다."

계단을 올라가던 도중에 안이 문득 생각났다는 듯이 입을 열었다.

"카스미하고 같은 클럽활동을 하는 2학년……, 쿠로야라 는 녀석 있지?"

"……응, 있는데."

약간 놀랐다.

설마 안이 쿠로야 군 이야기를 먼저 꺼낼 줄은 몰랐다.

쿠로야 군과의 협력 관계는 내게 비밀이었을 텐데.

"그런데 왜?"

"아니, 뭐라고 해야 하나……, 요즘, 우연히……, 아니, 진짜로 우연히 쿠로야하고 이야기할 기회가 있었는데 말이 지, 그 녀석 대단하더라."

안이 말했다.

왠지 자랑스러워하는 듯이.

"그 녀석──, 프로 작가지?"

"…………."

더욱 놀랐다.

너무 놀란 나머지 몸이 어색하게 움직여버렸다.

어떻게 안이 그걸……?

어제 작전 회의를 할 때 쿠로야 군에게 들었나?

하지만 그가 먼저 이야기를 꺼낼 것 같지는 않은데.

상업 데뷔를 했다는 과거는 그에게 매우 민감한 문제였을 텐데. 그 과거를 함부로 이야기했을 리가 없다.

쿠로야 소키치라는 소년의 소중하디 소중한 과거의 발자취이자 함부로 건드려서는 안 되는 마음의 최심부.

이 고등학교에서 아는 사람은 중학교부터 알고 지낸 토키야 군을 제외하면 나밖에 없었을 텐데.

그런데 어떻게 안이 그걸──.

"아~, 대단하다니까. 난 그런 녀석은 처음 봤어. 진짜 대단해. 아직 고등학생인데 프로 작가로 활동하다니."

매우 동요한 나와는 달리 안은 매우 밝은 말투로 말했다.

의기양양하게, 자랑하는 듯이, 쿠로야 군에 대해 말했다.

"게다가 말이지……, 헤헤."

이미 더할 나위없이 동요하던 내 마음은 그 뒤로 이어진 말로 인해 더욱 거세게 뒤흔들리게 되었다.

"나, 지금 쓰고 있는 원고도 읽어 봤거든."

머릿속이 새하얘지는 것 같았다.

방금 들은 말이 무슨 뜻인지 전혀 이해할 수가 없다.

"지금 쓰고 있는 원고……?"

"그래. 카스미는 안 읽었어?"

"……응."

"그렇구나. 아, 그러고 보니까 업계 쪽 사람 말고 읽은 사람은 내가 처음이라고 했지. ……그렇다면 내가 첫 독자인 건가? 하하, 왠지 영광인 것 같은데."

"…………."

"아직 마지막까지 다 쓴 건 아닌 모양인데……, 그게 진짜 재미있어서 말이야! 나도 술술 읽어 버렸어. 아~, 얼른 뒷이야기를 읽게 해줬으면 좋겠는데."

"…………."

"무슨 담당 편집자도 붙었고 출판도 거의 확정이라던데. 언젠가 서점에 진열될 거래. 그러면 사인을 받아 버릴까~. 언젠가 그 녀석이 유명해지면 최초의 사인본이라고 해서 프리미엄이 붙을지도 모르고."

"…………."

그 뒤로 이어진 말은 전혀 머릿속에 들어오지 않았다.

그럼에도 불구하고──, 마음속에는 깊게 박혔다. 박히고 박혀서 모든 것을 뿌리째 헤집어 놓는 듯한 느낌이었다.

왜.

어째서.

왜, 왜.

어째서, 어째서, 어째서——.

표현하기 힘든 초조함과 불안함이 마음을 가득 메워나가는 와중에——, 머릿속 깊은 곳에서 홍수처럼 쏟아져나오는 기억이 있었다.

작년 문화제.

모든 것이 깔끔하게 끝난 다음——.

"…………."

단둘이 남은 문예부 부실.

내 곁에서는 쿠로야 군이 책상에 엎드린 채 잠들어 있었다.

최근 며칠 동안 잠을 안 잔 모양이었다.

궁지에 몰려서 곤란해하던 나를 구해주기 위해 그는 잠도 안 자고 고군분투해 주었다. 서투른데도 성실하게, 그저 나를 도와주려 했다.

모든 것이 끝난 지금은 정말 편하게 잠들어 있다.

그런 히어로의 잠든 얼굴을——, 나는 옆에서 바라보고 있다.

매우 행복한 마음으로 바라보고 있다.

"······있지, 쿠로야 군."

나는 잠든 얼굴을 향해 말했다.

"언젠가 다시——, 소설을 써 줘."

상대방이 듣고 있지 않다는 건 알고 있다.

그렇기 때문에 있는 그대로 진심을 말했다.

내가 생각해도 싫증이 날 정도로 성격이 골치 아픈 나는 대놓고 진심을 말할 수가 없다.

겁이 많고 약삭빠른 나는 진심을 말하는 걸 매우 껄끄러워하니까.

이런 부탁은 절대로 대놓고 할 수가 없어——.

"쿠로야 군은 역시 다시 한번 작가를 목표로 삼아야 할 것 같아. 분명히 재능이 있는 것 같고······, 무엇보다 내가 다시 쿠로야 군의 이야기를 읽고 싶으니까. 나는 쿠로야 군이 쓰는 이야기를 정말 좋아하거든."

나는 말했다.

꾸밈없는 진심을.

독점욕으로 가득 찬 응석을.

"다시 써 줘, 쿠로야 군——, 그리고."

나는 말했다.

한 명의 팬으로서.

한 명의 사랑에 빠진 여자로서.

"그럴 수만 있다면──, 제일 먼저 내가 읽게 해줘. 난……, 세상 누구보다 먼저 쿠로야 군을 맛볼 수 있는 사람이 되고 싶어."

그것은──, 부끄러울 정도로 솔직한 욕망.

추하고 꼴사납고, 상대방에게 마구 응석을 부리는 것 같아 한심한 소원.

터무니없이 일방적이고──, 그러면서도 정말 소중한, 기도 같은 부탁이었다.

후기

　막상 제가 아이를 키우게 되니까 절실히 느끼는데요……,
어른이 말하는 '착한 애가 되렴'은 어른에게 '형편이 좋은 애
가 되렴'이라는 뜻이란 말이죠. 어른에게 있어서, 사회에 있
어서 '형편이 좋은 아이'. 물론 그게 잘못된 건 아닐 겁니다.
'선량함'과 '다른 사람에게 형편이 좋은 것'은 대부분 같은 거
니까요. '착한 애'로 지내는 게 사회를 살아가기 편하다는 건
분명할 겁니다. 하지만 아이에게 '착한 애'가 될 것을 요구
할 때──, '착한 애가 되렴'이라고 혼낼 때, 그게 아이를 위
해 하는 말인지 아니면 자기가 편하고 싶어서 그러는 건지,
그런 부분은 확실하게 생각하려 합니다. 딱히 어느 쪽이 좋
거나 나쁘다는 건 아니지만, 뻔뻔하게 구는 건 꼴사나우니
까요. 자기가 편하고 싶을 때는 '너를 위해서 하는 말이야!'
가 아니라 '내가 편하고 싶으니까 나를 위해 협력해 줘……!
착한 아이가 되어서 이것저것 도와줘……!'라고 솔직하게
말할 수 있는 파파이고 싶습니다.
　그런 이야기를 하고 있는 노조미 코타입니다.

정말 좋아하는 선배에게 호의를 품은 게 들켜서 시험 삼아 사귀게 된 러브코미디 제2탄. 이번에는 데이트와 선배의 과거를 약간 파고드는 이야기였습니다.

왠지 완전히 다음 권으로 이어지는 형태가 되어버린 것 같아 죄송합니다. 3권에서는 1, 2권에서 은근슬쩍 언급해 왔던 1년 전의 문화제에 대해 확실하게 묘사하면서 두 사람의 관계를 좀 더 확실하게 다루어 볼 생각입니다. 기대해 주시길.

그리고……, 이번에 잠깐 나왔던 아이가 있는 여자 편집자 '카츠라기 아야코'는 제가 전격문고에서 내고 있는 '딸이 아니라 나(엄마)를 좋아한다고?!'의 히로인입니다. 그녀와 옆집에 사는 대학생의 러브코미디를 읽고 싶으신 분은 그쪽도 읽어주세요.

그리고 공지!

놀랍게도──, '너 나를 좋아하는 거 맞지?'가 만화로 나옵니다!

여러모로 힘든 시기에 1권이 나와서 어떻게 될까 싶었는데 속간 & 증쇄가 결정될 정도로 순조롭게 팔린 데다 코미컬라이즈까지……. 이것도 독자 여러분 덕분입니다. 정말 감사합니다.

코미컬라이즈 속보는 공식 트위터 등으로 알려드릴 테니

잠시만 기다려주세요.

마지막으로 감사의 말씀.

담당 편집자이신 나카미조 님. 이번에도 신세를 많이 졌습니다. 앞으로도 신세를 많이 지겠습니다. 일러스트레이터 휴우가 아즈리 님. 이번에도 멋진 일러스트 감사합니다. 표지에 나온 선배의 당장이라도 유혹할 것 같은 느낌이 정말 참을 수 없습니다. 앞으로도 잘 부탁드립니다.

그리고 이 책을 읽어주신 독자 여러분께 최대급의 감사를.

그럼 인연이 있다면 3권에서 만나 뵙겠습니다.

노조미 코타

역자 후기

안녕하세요, 천선필입니다.

『너 나를 좋아하는 거 맞지?』 2권, 재미있게 읽으셨는지 모르겠습니다.

이번 2권에서는 1권에서 어느 정도 전개된 내용을 토대로 가지를 뻗어나간 느낌이었습니다. 잠깐 언급만 되고 넘어갔던 다른 미소녀 사천왕 멤버들도 일러스트까지 대동해서 본격적으로 등장했죠. 그중에서도 우쿄 안이라는 캐릭터는 새로운 내용 및 갈등을 전개하는 캐릭터로 기능한 것 같습니다. 이런 작품에 등장하는 조연 여자 캐릭터는 보통 주인공에게 호의를 품곤 하는데, 이 작품은 메인 히로인이 워낙 강력해서 그런 묘사는 없는 것 같네요. 1권 후기에서 말씀드렸다시피 거의 둘만의 세계인 듯한 작품이라 그런 게 아닐까 하는 생각도 듭니다.

그래도 이번 2권에는 1권과는 달리 주인공과 메인 히로인이 아닌 다른 캐릭터들도 어느 정도 비중을 차지한 것 같습니다. 앞서 말씀드렸던 우쿄 안, 그리고 메인 히로인의 동생인 카즈미, 작가 분 말씀대로 깜짝 등장한 카츠라기 아야코, 주인공의 멘토 역할을 맡고 있는 것 같은 우미카와 선생님 등등, 이야기에서 다뤄진 비중이 매우 큰 건 아닙니다만, 차지하고 있는 비중 자체는 적지 않은 것 같은 느낌이네요.

그중에서도 특히 인상 깊었던 건 돈 한 푼 안 되는데도 주인공을 열심히 도와준 우미카와 선생님 아닐까 싶습니다. 업계 선배라고 해서 후배나 지망생을 도와줘야 한다는 법이 있는 것도 아니고, 실제로 선의로 도와주는 사람은 거의 없을 겁니다. 번역 쪽도 마찬가지인 것 같은데, 누군가가 제게 도움을 청했을 때 시간을 내가며 그렇게 해줄 수 있을까 생각하면 어려운 문제일 것 같거든요. 어떻게 보면 시원찮은 주인공에게 호감을 품고 있는 메인 히로인보다 더 판타지스러운 캐릭터 같다는 생각도 드네요.

이런 생각을 하면서 이번 『너 나를 좋아하는 거 맞지?』 2권을 번역하였습니다. 매번 그랬듯이 감사의 말씀 드리고 후기를 마치려 합니다.

항상 신경을 많이 써주시는 담당 편집자분, 그리고 책을 내는 데 도움을 많이 주신 소미미디어 관계자 여러분, 그리고 가족 여러분. 감사합니다.

그 누구보다 감사드리고 싶은 분은 독자 여러분입니다. 제가 이렇게 무사히 번역을 마치고 후기를 쓸 수 있는 것도 독자 여러분 덕분이라 생각합니다. 진심으로 감사드립니다.

다시 찾아뵙게 될 때까지 행복한 하루 보내시길 바랍니다. 감사합니다.

KIMI TTE WATASHI NO KOTO SUKINANDESHO? TORIAEZU DATE DEMO
SITEMIRU?
Copyright © 2020 Kota Nozomi
Illustrations copyright © 2020 Hyuuga Azuri
Korean translation rights arranged with SB Creative Corp.
through Japan UNI Agency, Inc., Tokyo

너 나를 좋아하는 거 맞지? 2 일단 데이트라도 해볼래?

2023년 8월 15일 1판 1쇄 발행

저   자 노조미 코타
일 러 스 트 휴우가 아즈리
옮 긴 이 천선필
발 행 인 유재옥
본 부 장 조병권
편 집 1 팀 김준균 김혜연
편 집 2 팀 정영길 조찬희 박치우 정지원
편 집 3 팀 오준영 이해빈 이소의
편 집 4 팀 전태영 박소연
라이츠담당 김정미 맹미영 이윤서
디 지 털 김지연 박상섭
미   술 김보라 박민솔
발 행 처 ㈜소미미디어
인쇄제작처 ㈜코리아피앤피
등   록 제2015-000008호
주   소 서울시 마포구 토정로222, 403호 (신수동, 한국출판콘텐츠센터)
판   매 ㈜소미미디어
마 케 팅 최원석 최정연 한민지 박수진
영   업 박종욱
물   류 백철기 허석용
전   화 (02)567-3388, Fax (02)322-7665

ISBN 979-11-384-7916-5
ISBN 979-11-384-7865-6 (세트)